E. T. A. Hoffmann

# Prinzessin Brambilla

Ein Capriccio nach Jakob Callot

E. T. A. Hoffmann: Prinzessin Brambilla. Ein Capriccio nach Jakob Callot

Erstdruck in: Morgenblatt für gebildete Stände (Stuttgart), 14. Jg., Nr. 20, 1820.

Neuausgabe mit einer Biographie des Autors
Herausgegeben von Karl-Maria Guth
Berlin 2016

Der Text dieser Ausgabe folgt:
E.T.A. Hoffmann: Poetische Werke in sechs Bänden, Band 5, Berlin: Aufbau, 1963.

Die Paginierung obiger Ausgabe wird hier als Marginalie zeilengenau mitgeführt.

Umschlaggestaltung von Thomas Schultz-Overhage unter Verwendung des Bildes: Carl Friedrich Thiele, Illustration zu »Prinzessin Brambilla«, Aquatinta-Radierung von nach Vorlage J. Callots, Breslau 1821

Gesetzt aus der Minion Pro, 11 pt

Verlag: Henricus - Edition Deutsche Klassik GmbH
Mörchinger Str. 33, 14169 Berlin, info@henricus-verlag.de
Druck: Libri Plureos GmbH, Friedensallee 273, 22763 Hamburg

Die Ausgaben der Sammlung Hofenberg basieren auf zuverlässigen Textgrundlagen. Die Seitenkonkordanz zu anerkannten Studienausgaben machen Hofenbergtexte auch in wissenschaftlichem Zusammenhang zitierfähig.

ISBN 978-3-86199-737-5

Bibliografische Information der Deutschen Nationalbibliothek

Die Deutsche Nationalbibliothek verzeichnet diese Publikation in der Deutschen Nationalbibliografie; detaillierte bibliografische Daten sind im Internet über www.dnb.de abrufbar.

# Prinzessin Brambilla

## Ein Capriccio nach Jakob Callot

### Vorwort

Das Märchen »Klein Zaches, genannt Zinnober« (Berlin bei F. Dümmler, 1819) enthält nichts weiter als die lose, lockre Ausführung einer scherzhaften Idee. Nicht wenig erstaunte indessen der Autor, als er auf eine Rezension stieß, in der dieser zu augenblicklicher Belustigung ohne allen weitern Anspruch leicht hingeworfene Scherz mit ernsthafter wichtiger Miene zergliedert und sorgfältig jeder Quelle erwähnt wurde, aus der der Autor geschöpft haben sollte. Letzteres war ihm freilich insofern angenehm, als er dadurch Anlaß erhielt, jene Quellen selbst aufzusuchen und sein Wissen zu bereichern. – Um nun jedem Mißverständnis vorzubeugen, erklärt der Herausgeber dieser Blätter im voraus, daß ebensowenig, wie »Klein Zaches«, die »Prinzessin Brambilla« ein Buch ist für Leute, die alles gern ernst und wichtig nehmen. Den geneigten Leser, der etwa willig und bereit sein sollte, auf einige Stunden dem Ernst zu entsagen und sich dem kecken launischen Spiel eines vielleicht manchmal zu frechen Spukgeistes zu überlassen, bittet aber der Herausgeber demütiglich, doch ja die Basis des Ganzen, nämlich Callots phantastisch karikierte Blätter, nicht aus dem Auge zu verlieren und auch daran zu denken, was der Musiker etwa von einem Capriccio verlangen mag.

Wagt es der Herausgeber an jenen Ausspruch Carlo Gozzis (in der Vorrede zum »Ré de' geni«) zu erinnern, nach welchem ein ganzes Arsenal von Ungereimtheiten und Spukereien nicht hinreicht, dem Märchen Seele zu schaffen, die es erst durch den tiefen Grund, durch die aus irgendeiner philosophischen Ansicht des Lebens geschöpfte Hauptidee erhält, so möge das nur darauf hindeuten, was er gewollt, nicht, was ihm gelungen.

Berlin im September 1820.

# Erstes Kapitel

*Zauberische Wirkungen eines reichen Kleides auf eine junge Putzmacherin. – Definition des Schauspielers, der Liebhaber darstellt. – Von der Smorfia italischer Mädchen. – Wie ein kleiner ehrwürdiger Mann, in einer Tulpe sitzend, den Wissenschaften obliegt und anständige Damen zwischen Maultierohren Filet machen. – Der Marktschreier Celionati und der Zahn des assyrischen Prinzen. – Himmelblau und Rosa. – Pantalon und die Weinflasche mit wunderbarem Inhalt.*

Die Dämmerung brach ein, es läutete in den Klöstern zum Ave: da warf das holde hübsche Kind, Giacinta Soardi geheißen, das reiche Frauenkleid von rotem schweren Atlas, an dessen Besatz sie emsig gearbeitet, beiseite und schaute aus dem hohen Fenster unmutig hinab in die enge, öde, menschenleere Gasse.

Die alte Beatrice räumte indessen die bunten Maskenanzüge jeder Art, die in dem kleinen Stübchen auf Tischen und Stühlen umherlagen, sorglich zusammen und hing sie der Reihe nach auf. Beide Arme in die Seiten gestemmt, stellte sie sich dann hin vor den offenen Schrank und sprach schmunzelnd:»In der Tat, Giacinta, wir sind diesmal fleißig gewesen; mich dünkt, ich sehe die halbe lustige Welt des Korso hier vor Augen. – Aber auch noch niemals hat Meister Bescapi bei uns solch reiche Bestellungen gemacht. – Nun, er weiß, daß unser schönes Rom dieses Jahr wieder recht aufglänzen wird in aller Lust, Pracht und Herrlichkeit. Gib acht, Giacinta, wie der Jubel morgen, an dem ersten Tage unsers Karnevals, sich erheben wird! Und morgen – morgen schüttet uns Meister Bescapi eine ganze Handvoll Dukaten in den Schoß. – Gib acht, Giacinta! Aber was ist dir, Kind? du hängst den Kopf, du bist verdrießlich – mürrisch? und morgen ist Karneval!«

Giacinta hatte sich in den Arbeitssessel gesetzt und starrte, den Kopf in die Hand gestützt, zum Boden nieder, ohne auf die Worte der Alten zu achten. Als diese aber gar nicht aufhörte, von der bevorstehenden Lust des Karnevals zu schwatzen, da begann sie:»Schweigt doch nur, Alte, schweigt doch nur von einer Zeit, die für andere lustig genug sein mag, mir aber nichts bringt als Verdruß und Langeweile. Was hilft mir mein Arbeiten bei Tag und Nacht? was helfen uns Meister Bescapis Dukaten?

– Sind wir nicht bitterarm? müssen wir nicht sorgen, daß der Verdienst dieser Tage vorhalte, das ganze Jahr hindurch uns kümmerlich genug zu ernähren? was bleibt uns übrig für unser Vergnügen?«

»Was hat«, erwiderte die Alte, »was hat unsere Armut mit dem Karneval zu schaffen? Sind wir nicht voriges Jahr umhergelaufen vom Morgen bis in die späte Nacht, und sah ich nicht fein aus und stattlich als Dottore? – Und ich hatte dich am Arm, und du warst allerliebst als Gärtnermädchen – hihi! und die schönsten Masken liefen dir nach und sprachen zu dir mit zuckersüßen Worten. Nun, war das nicht lustig? Und was hält uns ab, dieses Jahr dasselbe zu unternehmen? Meinen Dottore darf ich nur gehörig ausbürsten, dann verschwinden wohl alle Spuren der bösen Konfetti, mit denen er beworfen, und deine Gärtnerin hängt auch noch da. Ein paar neue Bänder, ein paar frische Blumen – was bedarf es mehr für Euch, um hübsch und schmuck zu sein?« – »Was sprecht Ihr«, rief Giacinta, »was sprecht Ihr, Alte? – In den armseligen Lumpen sollt' ich mich hinauswagen? – Nein – ein schönes spanisches Kleid, das sich eng an den Leib schließt und dann hinabwallt in reichen dicken Falten, weite geschlitzte Ärmel, aus denen herrliche Spitzen hervorbauschen – ein Hütlein mit keck wehenden Federn, ein Gürtel, ein Halsband von strahlenden Diamanten – so möchte Giacinta hinaus in den Korso und sich niederlassen vor dem Palast Ruspoli. – Wie die Kavaliere sich hinandrängen würden – ›wer ist die Dame? – Gewiß eine Gräfin – eine Prinzessin‹, und selbst Pulcinella würde ergriffen von Ehrfurcht und vergäße seine tollsten Neckereien!« – »Ich höre«, nahm die Alte das Wort, »ich höre Euch zu mit großer Verwunderung. Sagt, seit wann ist denn solch ein verwünschter Hochmutsteufel in Euch gefahren? – Nun, wenn Euch denn der Sinn so gar hoch steht, daß Ihr es Gräfinnen, Prinzessinnen nachtun wollt, so seid so gut und schafft Euch einen Liebhaber an, der um Eurer schönen Augen willen tapfer in den Fortunatussäckel zu greifen vermag, und jagt den Signor Giglio fort, den Habenichts, der, geschieht es ihm, daß er ein paar Dukaten in der Tasche verspürt, alles vertrödelt in wohlriechenden Pomaden und Näschereien, und der mir noch zwei Paoli schuldig ist für den neugewaschnen Spitzenkragen.« –

Während dieser Reden hatte die Alte die Lampe in Ordnung gebracht und angezündet. Als nun der helle Schein Giacinten ins Gesicht fiel, gewahrte die Alte, daß ihr die bittren Tränen aus den Augen perlten: »Giacinta«, rief die Alte, »um alle Heiligen, Giacinta, was ist dir, was hast du? – Ei, Kind, so böse habe ich es ja gar nicht gemeint. Sei nur ruhig,

arbeite nicht so emsig; das Kleid wird ja doch wohl noch fertig zur bestimmten Zeit.« – »Ach«, sprach Giacinta, ohne von der Arbeit, die sie
wieder begonnen, aufzusehen, »ach, eben das Kleid, das böse Kleid ist
es, glaub' ich, das mich erfüllt hat mit allerlei törichten Gedanken. Sagt,
Alte, habt Ihr wohl in Euerm ganzen Leben ein Kleid gesehen, das diesem
an Schönheit und Pracht zu vergleichen ist? Meister Bescapi hat sich in
der Tat selbst übertroffen; ein besonderer Geist waltete über ihn, als er
diesen herrlichen Atlas zuschnitt. Und dann die prächtigen Spitzen, die
glänzenden Tressen, die kostbaren Steine, die er zum Besatz uns anvertraut    605
hat. Um alle Welt möcht' ich wissen, wer die Glückliche ist, die sich mit
diesem Götterkleide schmücken wird.« – »Was«, fiel die Alte dem Mädchen ins Wort, »was kümmert uns das? wir machen die Arbeit und erhalten unser Geld. Aber wahr ist es, Meister Bescapi tat so geheimnisvoll,
so seltsam – Nun, eine Prinzessin muß es wenigstens sein, die dieses
Kleid trägt, und bin ich auch sonst eben nicht neugierig, so wär' mir's
doch lieb, wenn Meister Bescapi mir den Namen sagte, und ich werde
ihm morgen schon so lange zusetzen, bis er's tut.« – »Ach nein, nein«,
rief Giacinta, »ich will es gar nicht wissen, ich will mir lieber einbilden,
keine Sterbliche werde jemals dies Kleid anlegen, sondern ich arbeite an
einem geheimnisvollen Feenschmuck. Mir ist wahrhaftig schon, als
guckten mich aus den glänzenden Steinen allerlei kleine Geisterchen lächelnd an und lispelten mir zu ›Nähe – nähe frisch für unsere schöne
Königin, wir helfen dir – wir helfen dir!‹ – Und wenn ich so die Spitzen
und Tressen ineinanderschlinge, dann dünkt es mich, als hüpften kleine
liebliche Elflein mit goldgeharnischten Gnomen durcheinander und – O
weh!« – So schrie Giacinta auf; eben den Busenstreif nähend, hatte sie
sich heftig in den Finger gestochen, daß das Blut wie aus einem Spring-
quell hervorspritzte. »Hilf Himmel«, schrie die Alte, »hilf Himmel, das
schöne Kleid!« nahm die Lampe, leuchtete nahe hin, und reichliche
Tropfen Öls flossen über. »Hilf Himmel, das schöne Kleid!« rief Giacinta,
halb ohnmächtig vor Schreck. Unerachtet es aber gewiß, daß beides, Blut
und Öl, sich auf das Kleid ergossen, so konnte doch weder die Alte, noch
Giacinta auch nur die mindeste Spur eines Flecks entdecken. Nun nähte
Giacinta flugs weiter, bis sie mit einem freudigen: »Fertig – fertig!« aufsprang und das Kleid hoch in die Höhe hielt.

»Ei, wie schön«, rief die Alte, »ei, wie herrlich – wie prächtig! – Nein,
Giacinta, nie haben deine lieben Händchen so etwas gefertigt – Und weißt    606
du wohl, Giacinta, daß es mir scheint, als sei das Kleid ganz und gar

nach deinem Wuchs geschnitten, als habe Meister Bescapi niemandem anders als dir selbst das Maß dazu genommen?« – »Warum nicht gar?« erwiderte Giacinta über und über errötend, »du träumst, Alte; bin ich denn so groß und schlank, wie die Dame, für welche das Kleid bestimmt sein muß? – Nimm es hin, nimm es hin, verwahre es sorglich bis morgen! Gebe der Himmel, daß beim Tageslicht kein böser Fleck zu entdecken! – was würden wir Ärmste nur anfangen? – Nehmt es hin!« – Die Alte zögerte.

»Freilich«, sprach Giacinta, das Kleid betrachtend, weiter, »freilich, bei der Arbeit ist mir manchmal es so vorgekommen, als müsse mir das Kleid passen. In der Taille möcht' ich schlank genug sein, und was die Länge betrifft« – »Giacinta«, rief die Alte mit leuchtenden Augen, »Giacinina, du errätst meine Gedanken, ich die deinigen – Mag das Kleid anlegen, wer da will, Prinzessin, Königin, Fee, gleichviel, meine Giacinina muß sich zuerst darin putzen.« – »Nimmermehr«, sprach Giacinta; aber die Alte nahm ihr das Kleid aus den Händen, hing es sorglich über den Lehnstuhl und begann des Mädchens Haar loszuflechten, das sie dann gar zierlich aufzunesteln wußte; dann holte sie das mit Blumen und Federn geschmückte Hütchen, das sie auf Bescapis Geheiß zu dem Anzuge aufputzen müssen, aus dem Schranke und befestigte es in Giacintas kastanienbraunen Locken. – »Kind, wie dir schon das Hütchen allerliebst steht! Aber nun herunter mit dem Jäckchen!« So rief die Alte und begann Giacinta zu entkleiden, die in holder Verschämtheit nicht mehr zu widersprechen vermochte.

»Hm«, murmelte die Alte, »dieser sanft gewölbte Nacken, dieser Lilienbusen, diese Alabasterarme, die Mediceerin hat sie nicht schöner geformt, Giulio Romano sie nicht herrlicher gemalt – Möcht' doch wissen, welche Prinzessin nicht mein süßes Kind darum beneiden würde!« – Als sie aber nun dem Mädchen das prächtige Kleid anlegte, war es, als ständen ihr unsichtbare Geister bei. Alles fügte und schickte sich, jede Nadel saß im Augenblick recht, jede Falte legte sich wie von selbst, es war nicht möglich zu glauben, daß das Kleid für jemanden anders gemacht sein könnte als eben für Giacinta.

»O all ihr Heiligen«, rief die Alte, als Giacinta nun so prächtig geputzt vor ihr stand, »o all ihr Heiligen, du bist wohl gar nicht meine Giacinta – ach – ach – wie schön seid Ihr, meine gnädigste Prinzessin! – Aber warte – warte! hell muß es sein, ganz hell muß es sein im Stübchen!« – Und damit holte die Alte alle geweihte Kerzen herbei, die sie von den

Marienfesten erspart, und zündete sie an, so daß Giacinta dastand von strahlendem Glanz umflossen.

Vor Erstaunen über Giacintas hohe Schönheit und noch mehr über die anmutige und dabei vornehme Weise, womit sie in der Stube auf und ab schritt, schlug die Alte die Hände zusammen und rief: »O, wenn Euch doch nur jemand, wenn Euch doch nur der ganze Korso schauen könnte!«

In dem Augenblick sprang die Türe auf, Giacinta floh mit einem Schrei ans Fenster, zwei Schritte ins Zimmer hineingetreten, blieb ein junger Mensch an den Boden gewurzelt stehen, wie zur Bildsäule erstarrt.

Du kannst, vielgeliebter Leser, den jungen Menschen, während er so laut- und regungslos dasteht, mit Muße betrachten. Du wirst finden, daß er kaum vier- bis fünfundzwanzig Jahre alt sein kann und dabei von ganz artigem hübschen Ansehen ist. Seltsam scheint wohl deshalb sein Anzug zu nennen, weil jedes Stück desselben an Farbe und Schnitt nicht zu tadeln ist, das Ganze aber durchaus nicht zusammenpassen will, sondern ein grell abstechendes Farbenspiel darbietet. Dabei wird, unerachtet alles sauber gehalten, doch eine gewisse Armseligkeit sichtbar; man merkt's der Spitzenkrause an, daß zum Wechseln nur noch eine vorhanden, und den Federn, womit der schief auf den Kopf gedrückte Hut phantastisch geschmückt, daß sie mühsam mit Draht und Nadel zusammengehalten. Du gewahrst es wohl, geneigter Leser, der junge also gekleidete Mensch kann nichts anders sein, als ein etwas eitler Schauspieler, dessen Verdienste eben nicht zu hoch angeschlagen werden; und das ist er auch wirklich. Mit einem Wort – es ist derselbe Giglio Fava, der der alten Beatrice noch zwei Paoli für einen gewaschenen Spitzenkragen schuldet.

»Ha! was seh' ich?« begann Giglio Fava endlich so emphatisch, als stände er auf dem Theater Argentina, »ha! was seh' ich – ist es ein Traum, der mich von neuem täuscht? – Nein! sie ist es selbst, die Göttliche – ich darf es wagen, sie anzureden mit kühnen Liebesworten! – Prinzessin – o Prinzessin!« – »Sei kein Hase«, rief Giacinta, sich rasch umwendend, »und spare die Possen auf für die folgenden Tage!« –

»Weiß ich denn nicht«, erwiderte Giglio, nachdem er Atem geschöpft, mit erzwungenem Lächeln, »weiß ich denn nicht, daß *du* es bist, meine holde Giacinta, aber sage, was bedeutet dieser prächtige Anzug? – In der Tat, noch nie bist du mir so reizend erschienen, ich möchte dich nie anders sehen.«

»So?« sprach Giacinta erzürnt; »also meinem Atlaskleide, meinem Federhütchen gilt deine Liebe?« – Und damit entschlüpfte sie schnell in das Nebenstübchen und trat bald darauf, alles Schmucks entledigt, in ihren gewöhnlichen Kleidern wieder hinein. Die Alte hatte indessen die Kerzen ausgelöscht und den vorwitzigen Giglio tüchtig heruntergescholte, daß er die Freude, die Giacinta an dem Kleide gehabt, das für irgendeine vornehme Dame bestimmt, so verstört und noch dazu ungalant genug zu verstehen gegeben, daß solcher Prunk Giacintas Reize zu erhöhen und sie liebenswürdiger als sonst erscheinen zu lassen vermöge. Giacinta stimmte in diese Lektion tüchtig ein, bis der arme Giglio, ganz Demut und Reue, endlich so viel Ruhe errang, um wenigstens mit der Versicherung gehört zu werden, daß seinem Erstaunen ein seltsames Zusammentreffen ganz besonderer Umstände zum Grunde gelegen. »Laß dir's erzählen«, begann er, »laß dir's erzählen, mein holdes Kind, mein süßes Leben, welch ein märchenhafter Traum mir gestern nachts aufging, als ich, ganz müde und ermattet von der Rolle des Prinzen Taer, den ich, du weißt es, ebenso die Welt, über alle Maßen vortrefflich spiele, mich auf mein Lager geworfen. Mich dünkte, ich sei noch auf der Bühne und zanke sehr mit dem schmutzigen Geizhals von Impresario, der mir ein paar lumpichte Dukaten Vorschuß hartnäckig verweigerte. Er überhäufte mich mit allerlei dummen Vorwürfen; da wollte ich, um mich besser zu verteidigen, einen schönen Gestus machen, meine Hand traf aber unversehens des Impresario rechte Wange, so daß dabei Klang und Melodie einer derben Ohrfeige herauskam; der Impresario ging ohne weiteres mit einem großen Messer auf mich los, ich wich zurück, und dabei fiel meine schöne Prinzenmütze, die du selbst, mein süßes Hoffen, so artig mit den schönsten Federn schmücktest, die jemals einem Strauß entrupft, zu Boden. In voller Wut warf sich der Unmensch, der Barbar über sie her und durchstach die Ärmste mit dem Messer, daß sie sich im qualvollen Sterben winselnd zu meinen Füßen krümmte. – Ich wollte – mußte die Unglückliche rächen. Den Mantel über den linken Arm geworfen, das fürstliche Schwert gezückt, drang ich ein auf den ruchlosen Mörder. Der floh aber schnell in ein Haus und drückte vom Balkon herunter Truffaldinos Flinte auf mich ab. Seltsam war es, daß der Blitz des Feuergewehrs stehenblieb und mich anstrahlte wie funkelnde Diamanten. Und so wie sich mehr und mehr der Dampf verlor, gewahrte ich wohl, daß das, was ich für den Blitz von Truffaldinos Flinte gehalten, nichts anders war als der köstliche Schmuck am Hütlein einer Dame – O all ihr Götter! ihr seligen Himmel allesamt! eine süße Stimme sprach – nein! sang – nein! hauchte Liebesduft in Klang und Ton – ›O Giglio – mein Giglio!‹ – und ich schaute ein Wesen in solch göttlichem Liebreiz, in solch hoher Anmut, daß der sengende Schirokko inbrünstiger Liebe mir durch alle Adern und Nerven fuhr und der Glutstrom erstarrte zur Lava, die dem Vulkan des aufflammenden Herzens entquollen. – ›Ich bin‹, sprach die Göttin, sich mir nahend, ›ich bin die Prinzessin –‹« – »Wie?« unterbrach Giacinta den Verzückten zornig; »wie? du unterstehst dich von einer andern zu träumen als von mir? du unterstehst dich in Liebe zu kommen, ein dummes einfältiges Traumbild schauend, das aus Truffaldinos Flinte geschossen?« – Und nun regnete es Vorwürfe und Klagen und Scheltworte und Verwünschungen, und alles Beteuern und alles Versichern des armen Giglio, daß die Traumprinzessin gerade so gekleidet gewesen, wie er eben seine Giacinta getroffen, wollte ganz und gar nichts helfen. Selbst die alte Beatrice, sonst eben nicht geneigt, des Signor Habenichts, wie sie den Giglio nannte, Partie zu nehmen, fühlte sich von Mitleid durchdrungen und ließ nicht ab von der störrischen Giacinta, bis sie dem Geliebten den Traum unter der Bedingung verzieh, daß er niemals mehr ein Wörtlein davon erwähnen sollte. Die Alte brachte ein gutes Gericht Makkaroni zustande, und Giglio holte, da, dem Traum entgegen, der Impresario ihm wirklich ein paar Dukaten vorgeschossen, eine Tüte Zuckerwerk und eine mit in der Tat ziemlich trinkbarem Wein gefüllte Phiole aus der Manteltasche hervor. »Ich sehe doch, daß du an mich denkst, guter Giglio«, sprach Giacinta, indem sie eine überzuckerte Frucht in das Mündchen steckte. Giglio durfte ihr sogar den Finger küssen, den die böse Nadel verletzt, und alle Wonne und Seligkeit kehrte wieder. Tanzt aber einmal der Teufel mit, so helfen die artigsten Sprünge nicht. Der böse Feind selbst war es nämlich wohl, der dem Giglio eingab, nachdem er ein paar Gläser Wein getrunken, also zu reden: »Nicht geglaubt hätt' ich, daß du, mein süßes Leben, so eifersüchtig auf mich sein könntest. Aber du hast recht. Ich bin ganz hübsch von Ansehn, begabt von der Natur mit allerlei angenehmen Talenten; aber mehr als das – ich bin Schauspieler. Der junge Schauspieler, welcher so wie ich verliebte Prinzen göttlich spielt, mit geziemlichen O und Ach, ist ein wandelnder Roman, eine Intrige auf zwei Beinen, ein Liebeslied mit Lippen zum Küssen, mit Armen zum Umfangen, ein aus dem Einband ins Leben gesprungenes Abenteuer, das der Schönsten vor Augen steht, wenn sie das Buch zugeklappt. Daher kommt es, daß wir unwiderstehlichen Zauber üben an den armen Weibern, die vernarrt sind in alles, was in und an uns ist, in unser Gemüt, in unsre Augen, in unsre falschen Steine, Federn und Bänder. Da gilt nicht Rang, nicht Stand;

Wäschermädchen oder Prinzessin – gleichviel! – Nun sage ich dir, mein holdes Kind, daß, täuschen mich nicht gewisse geheimnisvolle Ahnungen, neckt mich nicht ein böser Spuk, wirklich das Herz der schönsten Prinzessin entbrannt ist in Liebe zu mir. Hat sich das begeben, oder begibt es sich noch, so wirst du, mein schönstes Hoffen, es mir nicht verdenken, wenn ich den Goldschacht, der sich mir auftut, nicht ungenützt lasse, wenn ich dich ein wenig vernachlässige, da doch ein armes Ding von Putzmacherin« – Giacinta hatte mit immer steigender Aufmerksamkeit zugehört, war dem Giglio, in dessen schimmernden Augen sich das Traumbild der Nacht spiegelte, immer näher und näher gerückt; jetzt sprang sie rasch auf, gab dem beglückten Liebhaber der schönsten Prinzessin eine solche Ohrfeige, daß alle Feuerfunken aus jener verhängnisvollen Flinte Truffaldinos vor seinen Augen hüpften, und entsprang schnell in die Kammer. Alles fernere Bitten und Flehen half nun nichts mehr. »Geht nur fein nach Hause, sie hat ihre Smorfia, und dann ist's aus«, sprach die Alte und leuchtete dem betrübten Giglio die enge Treppe hinab. – Es muß mit der Smorfia, mit dem seltsam launischen, etwas ungescheuten Wesen junger italischer Mädchen eine eigne Bewandtnis haben; denn Kenner versichern einmütiglich, daß eben aus diesem Wesen sich ein wunderbarer Zauber solch unwiderstehlicher Liebenswürdigkeit entfalte, daß der Gefangene, statt unmutig die Bande zu zerreißen, sich noch fester und fester darin verstricke, daß der auf schnöde Weise abgefertigte Amante, statt ein ewiges Addio zu unternehmen, nur desto inbrünstiger seufze und flehe, wie es in jenem Volksliedlein heißt: »Vien quà, Dorina bella, non far la smorfiosella.« – Der, der mit dir, geliebter Leser, also spricht, will vermuten, daß jene Lust aus Unlust nur erblühen könne in dem fröhlichen Süden, daß aber solch schöne Blüte aus friedlichem Stoff nicht aufzukommen vermöge in unserm Norden. Wenigstens an dem Orte, wo er lebt, will er denjenigen Gemütszustand, wie er ihn oft an jungen, eben der Kindheit entronnenen Mädchen bemerkt hat, gar nicht mit jener artigen Smorfiosität vergleichen. Hat ihnen der Himmel angenehme Gesichtszüge verliehen, so verzerren sie dieselben auf ungeziemliche Weise; alles ist ihnen in der Welt bald zu schmal, bald zu breit, kein schicklicher Platz für ihr kleines Figürlein hienieden, sie ertragen lieber die Qual eines zu engen Schuhs, als ein freundliches oder gar ein geistreiches Wort, und nehmen es entsetzlich übel, daß sämtliche Jünglinge und Männer in dem Weichbilde der Stadt sterblich in sie verliebt sind, welches sie denn doch wieder meinen, ohne sich zu ärgern. – Es

612

gibt für diesen Seelenzustand des zartesten Geschlechts keinen Ausdruck. Das Substrat der Ungezogenheit, die darin enthalten, reflektiert sich hohlspiegelartig bei Knaben in *der* Zeit, die grobe Schulmeister mit dem Wort: Lümmeljahre bezeichnen. – – Und doch war es dem armen Giglio ganz und gar nicht zu verdenken, daß er, auf seltsame Weise gespannt, auch wachend von Prinzessinnen und wunderbaren Abenteuern träumte. – Eben denselben Tag hatte, als er im Äußern schon halb und halb, im Innern aber ganz und gar Prinz Taer, durch den Korso wandelte, sich in der Tat viel Abenteuerliches ereignet.

Es begab sich, daß bei der Kirche S. Carlo, gerade da, wo die Straße Condotti den Korso durchkreuzt, mitten unter den Buden der Wurstkrämer und Makkaroniköche, der in ganz Rom bekannte Ciarlatano, Signor Celionati geheißen, sein Gerüst aufgeschlagen hatte und dem um ihn her versammelten Volk tolles Märchenzeug vorschwatzte von geflügelten Katzen, springenden Erdmännlein, Alraunwurzeln u.s.w. und dabei manches Arkanum verkaufte für trostlose Liebe und Zahnschmerz, für Lotterienieten und Podagra. Da ließ sich ganz in der Ferne eine seltsame Musik von Zimbeln, Pfeifen und Trommeln hören, und das Volk sprengte auseinander und strömte, stürzte durch den Korso der Porta del popolo zu, laut schreiend: »Schaut, schaut! – ei, ist denn schon der Karneval los? – schaut – schaut!«

Das Volk hatte recht; denn der Zug, der sich durch die Porta del popolo langsam den Korso hinaufbewegte, konnte füglich für nichts anders gehalten werden als für die seltsamste Maskerade, die man jemals gesehen. Auf zwölf kleinen schneeweißen Einhörnern mit goldnen Hufen saßen in rote atlasne Talare eingehüllte Wesen, die gar artig auf silbernen Pfeifen bliesen und Zimbeln und kleine Trommeln schlugen. Beinahe nach Art der büßenden Brüder waren in den Talaren nur die Augen ausgeschnitten und ringsum mit goldnen Tressen besetzt, welches sich wunderlich genug ausnahm. Als der Wind dem einen der kleinen Reiter den Talar etwas aufhob, starrte ein Vogelfuß hervor, dessen Krallen mit Brillantringen besteckt waren. Hinter diesen zwölf anmutigen Musikanten zogen zwei mächtige Strauße eine große, auf einem Rädergestell befestigte goldgleißende Tulpe, in der ein kleiner alter Mann saß mit langem weißen Bart, in einen Talar von Silberstoff gekleidet, einen silbernen Trichter als Mütze auf das ehrwürdige Haupt gestülpt. Der Alte las, eine ungeheure Brille auf der Nase, sehr aufmerksam in einem großen Buche, das er vor sich aufgeschlagen. Ihm folgten zwölf reichgekleidete Mohren, mit langen

Spießen und kurzen Säbeln bewaffnet, die jedesmal, wenn der kleine Alte ein Blatt im Buche umschlug und dabei ein sehr feines, scharf durchdringendes: »Kurri – pire – ksi – li – iii« vernehmen ließ, mit gewaltig dröhnenden Stimmen sangen: »Bram – bure – bil – bal – Ala monsa Kikiburra – son – ton!« Hinter den Mohren ritten auf zwölf Zeltern, deren Farbe reines Silber schien, zwölf Gestalten, beinahe so verhüllt wie die Musikanten, nur daß die Talare auf Silbergrund reich mit Perlen und Diamanten gestickt und die Arme bis an die Schulter entblößt waren. Die wunderbare Fülle und Schönheit dieser mit den herrlichsten Armspangen geschmückten Arme hätten schon verraten, daß unter den Talaren die schönsten Damen versteckt sein mußten; überdem machte aber auch jede reitend sehr emsig Filet, wozu zwischen den Ohren der Zelter große Samtkissen befestigt waren. Nun folgte eine große Kutsche, die ganz Gold schien und von acht der schönsten, mit goldnen Schabracken behängten Maultiere gezogen wurde, welche kleine, sehr artig in bunte Federwämser gekleidete Pagen an mit Diamanten besetzten Zügeln führten. Die Tiere wußten mit unbeschreiblicher Würde die stattlichen Ohren zu schütteln, und dann ließen sich Töne hören, der Harmonika ähnlich, wozu die Tiere selbst sowie die Pagen, die sie führten, ein paßliches Geschrei erhoben, welches zusammenklang auf die anmutigste Weise. Das Volk drängte sich heran und wollte in die Kutsche hineinschauen, sah aber nichts als den Korso und sich selbst; denn die Fenster waren reine Spiegel. Mancher, der auf diese Art sich schaute, glaubte im Augenblick, er säße selbst in der prächtigen Kutsche, und kam darüber vor Freuden ganz außer sich, sowie es mit dem ganzen Volk geschah, als es von einem kleinen, äußerst angenehmen Pulcinella, der auf dem Kutschendeckel stand, ungemein artig und verbindlich begrüßt wurde. In diesem allgemeinen ausgelassensten Jubel wurde kaum mehr das glänzende Gefolge beachtet, das wieder aus Musikanten, Mohren und Pagen, den ersten gleich gekleidet, bestand, bei welchen nur noch einige in den zartesten Farben geschmackvoll gekleidete Affen befindlich, die mit sprechender Mimik in den Hinterbeinen tanzten und im Koboldschießen ihresgleichen suchten. So zog das Abenteuer den Korso herab durch die Straßen bis auf den Platz Navona, wo es stillstand vor dem Palast des Prinzen Bastianello di Pistoja.

Die Torflügel des Palastes sprangen auf, und plötzlich verstummte der Jubel des Volks, und in der Totenstille des tiefsten Erstaunens schaute man das Wunder, das sich nun begab. Die Marmorstufen hinauf durch das enge Tor zog alles, Einhörner, Pferde, Maultiere, Kutsche, Strauße, Damen, Mohren, Pagen, ohne alle Schwierigkeit hinein, und ein tausendstimmiges Ah! erfüllte die Lüfte, als das Tor, nachdem die letzten vierundzwanzig Mohren in blanker Reihe hineingeschritten, sich mit donnerndem Getöse schloß.

Das Volk, nachdem es lange genug vergebens gegafft und im Palast alles still und ruhig blieb, bezeigte nicht üble Lust, den Aufenthalt des Märchens zu stürmen, und wurde nur mit Mühe von den Sbirren auseinandergetrieben.

Da strömte alles wieder den Korso herauf. Vor der Kirche S. Carlo stand aber noch der verlassene Signor Celionati auf seinem Gerüst und schrie und tobte entsetzlich: »Dummes Volk – einfältiges Volk! – Leute, was lauft, was rennt ihr in tollem Unverstand und verlaßt euern wackern Celionati? – Hier hättet ihr bleiben sollen und hören aus dem Munde des Weisesten, des erfahrensten Philosophen und Adepten, was es auf sich hat mit dem allen, was ihr geschaut mit aufgerissenen Augen und Mäulern, wie törichtes Knabenvolk! – Aber noch will ich euch alles verkünden – hört – hört, wer eingezogen ist in den Palast Pistoja – hört, hört – wer sich den Staub von den Ärmeln klopfen läßt im Palast Pistoja!« – Diese Worte hemmten plötzlich den kreisenden Strudel des Volks, das nun sich hinandrängte an Celionatis Gerüst und hinaufschaute mit neugierigen Blicken.

»Bürger Roms!« begann Celionati nun emphatisch, »Bürger Roms! jauchzt, jubelt, werft Mützen, Hüte, oder was ihr sonst eben auf dem Kopfe tragen möget, hoch in die Höhe! Euch ist großes Heil widerfahren; denn eingezogen in eure Mauern ist die weltberühmte Prinzessin Brambilla aus dem fernen Äthiopien, ein Wunder an Schönheit und dabei so reich an unermeßlichen Schätzen, daß sie ohne Beschwerde den ganzen Korso pflastern lassen könnte mit den herrlichsten Diamanten und Brillanten – und wer weiß, was sie tut zu eurer Freude! – Ich weiß es, unter euch befinden sich gar viele, die keine Esel sind, sondern bewandert in der Geschichte. Die werden wissen, daß die durchlauchtigste Prinzessin Brambilla eine Urenkelin ist des weisen Königs Cophetua, der Troja erbaut hat, und daß ihr Großonkel, der große König von Serendippo, ein freundlicher Herr, hier vor S. Carlo unter euch, ihr lieben Kinder, sich oft in Makkaroni übernahm! – Füge ich noch hinzu, daß niemand anders die hohe Dame Brambilla aus der Taufe gehoben, als die Königin der Tarocke, Tartagliona mit Namen, und daß Pulcinella sie das Lautenspiel gelehrt, so wißt ihr genug, um außer euch zu geraten – tut es, Leute! – Vermöge meiner geheimen Wissenschaften, der weißen, schwarzen, gelben und blauen Magie, weiß ich, daß sie gekommen ist, weil sie glaubt, unter den Masken des Korso ihren Herzensfreund und Bräutigam, den assyrischen Prinzen Cornelio Chiapperi, aufzufinden, der Äthiopien verließ, um sich hier in Rom einen Backzahn ausreißen zu lassen, welches ich glücklich vollbrachte! – Seht ihn hier vor Augen!« – Celionati öffnete ein kleines goldnes Schächtelchen, holte einen sehr weißen langen, spitzen Zahn heraus und hielt ihn hoch in die Höhe. Das Volk schrie laut auf vor Freude und Entzücken und kaufte begierig die Modelle des prinzlichen Zahns, die der Ciarlatano nun feilbot. »Seht«, fuhr Celionati dann fort, »seht, ihr Guten, nachdem der assyrische Prinz Cornelio Chiapperi die Operation mit Standhaftigkeit und Sanftmut ausgehalten, kam er sich selbst, er wußte nicht wie, abhanden. – Sucht, Leute, sucht, Leute, den assyrischen Prinzen Cornelio Chiapperi, sucht ihn in euern Stuben, Kammern, Küchen, Kellern, Schränken und Schubladen! – Wer ihn findet und der Prinzessin Brambilla unversehrt wiederbringt, erhält ein Fundgeld von fünfmalhunderttausend Dukaten. Soviel hat Prinzessin Brambilla auf seinen Kopf gesetzt, den angenehmen, nicht geringen Inhalt an Verstand und Witz ungerechnet. – Sucht, Leute, sucht! – Aber vermögt ihr den assyrischen Prinzen, Cornelio Chiapperi, zu entdecken, wenn er euch auch vor der Nase steht? – Ja! – vermöget ihr die durchlauchtigste Prinzessin zu erschauen, wenn sie auch dicht vor euch wandelt? – Nein, das vermöget ihr nicht, wenn ihr euch nicht der Brillen bedient, die der weise indische Magier Ruffiamonte selbst geschliffen; und damit will ich euch aus purer Nächstenliebe und Barmherzigkeit aufwarten, insofern ihr die Paoli nicht achtet.« – Und damit öffnete der Ciarlatano eine Kiste und brachte eine Menge unmäßig großer Brillen zum Vorschein.

Hatte das Volk sich schon um die prinzlichen Backzähne gar arg gezankt, so geschah es nun noch viel ärger um die Brillen. Vom Zanken kam es zum Stoßen und Schlagen, bis zuletzt nach italischer Art und Weise die Messer blinkten, so daß die Sbirren abermals ins Mittel treten und das Volk, wie erst vor dem Palast Pistoja, auseinandertreiben mußten.

Während sich dies alles begab, stand Giglio Fava, in tiefe Träume versunken, noch immer vor dem Palast Pistoja und starrte die Mauern an, die den seltsamsten aller Maskenzüge, und zwar auf ganz unerklärliche Weise, verschlungen. Wunderbar wollt' es ihm gemuten, daß er eines gewissen unheimlichen und dabei doch süßen Gefühls, das sich seines

Innern ganz und gar bemeistert, nicht Herr werden konnte; noch wunderbarer, daß er willkürlich den Traum von der Prinzessin, die, dem Blitz des Feuergewehrs entfunkelt, sich ihm in die Arme warf, mit dem abenteuerlichen Zuge in Verbindung setzte, ja daß eine Ahndung in ihm aufging, in der Kutsche mit den Spiegelfenstern habe eben niemand anders gesessen, als sein Traumbild. – Ein sanfter Schlag auf die Schulter weckte ihn aus seinen Träumereien; der Ciarlatano stand vor ihm.

»Ei«, begann Celionati, »ei, mein guter Giglio, Ihr habt nicht wohl getan, mich zu verlassen, mir keinen prinzlichen Backzahn, keine magische Brille abzukaufen.« – »Geht doch«, erwiderte Giglio, »geht doch mit Euern Kinderpossen, mit dem wahnsinnigen Zeuge, das Ihr dem Volke aufschwatzt, um Euern nichtswürdigen Kram los zu werden!« – »Hoho«, sprach Celionati weiter, »tut nur nicht so stolz, mein junger Herr! Ich wollte, Ihr hättet aus meinem Kram, den nichtswürdig zu nennen Euch beliebt, manch treffliches Arkanum, vorzüglich aber denjenigen Talisman, der Euch die Kraft verliehe, ein vortrefflicher, guter oder wenigstens leidlicher Schauspieler zu sein, da es Euch nun wieder beliebt, zurzeit gar erbärmlich zu tragieren!« – »Was?« rief Giglio ganz erbost, »was? Signor Celionati, Ihr untersteht Euch, mich für einen erbärmlichen Schauspieler zu halten? mich, der ich der Abgott Roms bin?« – »Püppchen!« erwiderte Celionati sehr ruhig, »Püppchen, das bildet Ihr Euch nur ein; es ist kein wahres Wort daran. Ist Euch aber auch manchmal ein besonderer Geist aufgegangen, der Euch manche Rolle gelingen ließ, so werdet Ihr das bißchen Beifall oder Ruhm, das Ihr dadurch gewannt, heute unwiederbringlich verlieren. Denn seht, Ihr habt Euern Prinzen ganz und gar vergessen, und steht vielleicht sein Bildnis noch in Euerm Innern, so ist es farblos, stumm und starr geworden, und Ihr vermöget nicht, es ins Leben zu rufen. Euer ganzer Sinn ist erfüllt von einem seltsamen Traumbild, von dem Ihr nun meint, es sei in der Glaskutsche dort in den Palast Pistoja hineingefahren. – Merkt Ihr, daß ich Euer Inneres durchschaue?« –

Giglio schlug errötend die Augen nieder. »Signor Celionati«, murmelte er, »Ihr seid in der Tat ein sehr seltsamer Mensch. Es müssen Euch Wunderkräfte zu Gebote stehen, die Euch meine geheimsten Gedanken erraten lassen. – Und dann wieder Euer närrisches Tun und Treiben vor dem Volk – Ich kann das nicht zusammenreimen – doch – gebt mir eine Von Euern großen Brillen!«

Celionati lachte laut auf. »So«, rief er, »so seid ihr nun alle, ihr Leute! Lauft ihr umher mit hellem Kopf und gesundem Magen, so glaubt ihr an nichts, als was ihr mit euern Händen fassen könnt; packt euch aber geistige oder leibliche Indigestion, so greift ihr begierig nach allem, was man euch darbietet. Hoho! Jener Professore, der auf meine und auf alle sympathetische Mittel in der Welt seinen Bannstrahl schießen ließ, schlich tages darauf in grämlich pathetischem Ernst nach der Tiber und warf, wie es ihm ein altes Bettelweib geraten, seinen linken Pantoffel ins Wasser, weil er glaubte, damit das böse Fieber zu ertränken, das ihn so arg plagte; und jener weiseste Signor aller weiser Signoris trug Kreuzwurzelpulver in dem Mantelzipfel, um besser Ballon zu schlagen. – Ich weiß es, Signor Fava, Ihr wollt durch meine Brille die Prinzessin Brambilla, Euer Traumbild, schauen; doch das wird Euch zur Stunde nicht gelingen! – Indessen nehmt und versucht's!«

Voll Begier ergriff Giglio die schöne glänzende übergroße Brille, die ihm Celionati darbot, und schaute nach dem Palast. Wunderbar genug schienen die Mauern des Palastes durchsichtiges Kristall zu werden; aber nichts als ein buntes undeutliches Gewirre von allerlei seltsamen Gestalten stellte sich ihm dar, und nur zuweilen zuckte ein elektrischer Strahl durch sein Innres, das holde Traumbild verkündend, das sich vergebens dem tollen Chaos entringen zu wollen schien.

»Alle böse Teufel der Hölle, Euch in den Hals zu jagen!« schrie plötzlich eine fürchterliche Stimme dicht neben dem ins Schauen versunkenen Giglio, der sich zugleich bei den Schultern gepackt fühlte, »alle böse Teufel Euch in den Hals! – Ihr stürzt mich ins Verderben. In zehn Minuten muß der Vorhang in die Höhe; Ihr habt die erste Szene, und Ihr steht hier und gafft, ein aberwitziger Narr, die alten Mauern des öden Palastes an!« –

Es war der Impresario des Theaters, auf dem Giglio spielte, der im Schweiß der Todesangst ganz Rom durchlaufen, um den verschollenen primo amoroso zu suchen, und ihn endlich da fand, wo er ihn am wenigsten vermutet.

»Halt einen Augenblick!« rief Celionati und packte ebenfalls mit ziemlicher Handfestigkeit den armen Giglio bei den Schultern, der, ein eingerammter Pfahl, sich nicht zu rühren vermochte, »halt einen Augenblick!« Und dann leiser: »Signor Giglio, es ist möglich, daß Ihr morgen auf dem Korso Euer Traumbild seht. Aber Ihr wäret ein großer Tor, wenn Ihr Euch in einer schönen Maske herausschniegeln wolltet, das würde Euch um den Anblick der Schönsten bringen. Je abenteuerlicher, je abscheulicher, desto besser! eine tüchtige Nase, die mit Anstand und Seelenruhe meine Brille trägt! denn die dürft Ihr ja nicht vergessen!« – Celionati ließ den Giglio los, und im Nu brauste der Impresario mit seinem Amoroso fort wie ein Sturmwind.

Gleich andern Tages unterließ Giglio nicht, sich eine Maske zu verschaffen, die ihm, nach Celionatis Rat, abenteuerlich und abscheulich genug 621 schien. Eine seltsame mit zwei hohen Hahnfedern geschmückte Kappe, dazu eine Larve mit einer roten, in hakenförmigem Bau und unbilliger Länge und Spitze alle Exzesse der ausgelassensten Nasen überbietend, ein Wams mit dicken Knöpfen, dem des Brighella nicht unähnlich, ein breites hölzernes Schwert – Giglios Selbstverleugnung, alles dieses anzulegen, hörte auf, als nun erstlich ein weites, bis auf die Pantoffeln herabreichendes Beinkleid das zierlichste Piedestal verhüllen sollte, auf dem jemals ein prima amoroso gestanden und einhergegangen. »Nein«, rief Giglio, »nein, es ist nicht möglich, daß die Durchlauchtige nichts halten auf proportionierten Wuchs, daß sie nicht zurückgeschreckt werden sollte durch solch böse Entstellung. Nachahmen will ich jenen Schauspieler, der, als er in gräßlicher Verkappung im Gozzischen Stück das blaue Ungeheuer spielte, die zierlich gebaute Hand, die ihm die Natur verliehen, unter der bunten Tigerkatzenpfote hervorzustrecken wußte und dadurch die Herzen der Damen schon vor seiner Verwandlung gewann! – Was bei ihm die Hand, ist bei mir der Fuß!« – Darauf legte Giglio ein hübsches himmelblau seidnes Beinkleid mit dunkelroten Schleifen, dazu aber rosenfarbne Strümpfe und weiße Schuhe mit luftigen dunkelroten Bändern an, welches wohl ganz hübsch aussah, doch aber ziemlich seltsam abstach gegen den übrigen Anzug.

Giglio glaubte nicht anders, als daß ihm Prinzessin Brambilla entgegentreten werde in voller Pracht und Herrlichkeit, umgeben von dem glänzendsten Gefolge; da er aber nichts davon gewahrte, dachte er wohl daran, daß, da Celionati gesagt, er werde nur mittelst der magischen Brille die Prinzessin zu erschauen vermögen, dies auf irgendeine seltsame Verkappung deute, in die sich die Schönste gehüllt.

Nun lief Giglio den Korso auf und ab, jede weibliche Maske musternd, aller Neckereien nicht achtend, bis er endlich in eine entlegenere Gegend 622 geriet. »Bester Signor, mein teurer, bester Signor!« hörte er sich angeschnarrt. Ein Kerl stand vor ihm, der in toller Possierlichkeit alles überbot, was er jemals von dergleichen gesehen. Die Maske mit dem spitzen Bart, der Brille, dem Ziegenhaar, sowie die Stellung des Körpers, vorgebeugt mit krummem Rücken, den rechten Fuß vorgeschoben, schienen einen Pantalon anzudeuten; dazu wollte aber der vorne spitz zulaufende, mit zwei Hahnfedern geschmückte Hut nicht passen. Wams, Beinkleid, das kleine hölzerne Schwert an der Seite gehörte offenbar dem werten Pulcinell an.

»Bester Signor«, redete Pantalon (so wollen wir die Maske, trotz des veränderten Kostüms, nennen) den Giglio an, »mein bester Signor! ein glücklicher Tag, der mir das Vergnügen, die Ehre schenkt, Sie zu erblicken! Sollten Sie nicht zu meiner Familie gehören?« – »So sehr«, erwiderte Giglio, sich höflich verbeugend, »so sehr mich das entzücken würde, da Sie, mein bester Signor, mir über alle Maßen wohlgefallen, so weiß ich doch nicht, in welcher Art irgendeine Verwandtschaft« – »O Gott!« unterbrach Pantalon den Giglio, »o Gott! bester Signor, waren Sie jemals in Assyrien?« – »Eine dunkle Erinnerung«, antwortete Giglio, »schwebt mir vor, als sei ich einmal auf der Reise dahin begriffen gewesen, aber nur bis nach Fraskati gekommen, wo der Spitzbube von Vetturin mich vor dem Tore umwarf, so daß diese Nase« – »O Gott!« schrie Pantalon, »so ist es denn wahr? – Diese Nase, diese Hahnfedern – mein teuerster Prinz – o mein Cornelio! – Doch *ich* sehe, Sie erbleichen vor Freude, mich wiedergefunden zu haben – o mein Prinz! nur ein Schlückchen, ein einziges Schlückchen!« –

Damit hob Pantalon die große Korbflasche auf, die vor ihm stand und reichte sie dem Giglio hin. Und in dem Augenblick stieg ein feiner rötlicher Duft aus der Flasche und verdichtete sich zum holden Antlitz der Prinzessin Brambilla, und das liebe kleine Bildlein stieg herauf, doch nur bis an den Leib, und streckte die kleinen Ärmchen aus nach dem Giglio. Der, vor Entzücken ganz außer sich, rief: »O steige doch nur ganz herauf, daß ich dich erschauen möge in deiner Schönheit!« Da dröhnte ihm eine starke Stimme in die Ohren: »Du hasenfüßiger Geck mit deinem Himmelblau und Rosa, wie magst du dich nur für den Prinzen Cornelio ausgeben wollen! – Geh nach Haus, schlaf aus, du Tölpel!« – »Grobian!« fuhr Giglio auf; doch Masken wogten, drängten dazwischen, und spurlos war Pantalon samt der Flasche verschwunden.

# Zweites Kapitel

*Von dem seltsamen Zustande, in den geraten, man sich die Füße an*
*spitzen Steinen wund stößt, vornehme Leute zu grüßen unterläßt und*
*mit dem Kopf an verschlossene Türen anrennt. – Einfluß eines Gerichts*
*Makkaroni auf Liebe und Schwärmerei. – Entsetzliche Qualen der*
*Schauspielerhölle und Arlecchino. – Wie Giglio sein Mädchen nicht*
*fand, sondern von Schneidern überwältigt und zur Ader gelassen*
*wurde. – Der Prinz in der Konfektschachtel und die verlorne Geliebte.*
*– Wie Giglio der Ritter der Prinzessin Brambilla sein wollte, weil ihm*
*eine Fahne aus dem Rücken gewachsen.*

Du magst, geliebter Leser, nicht zürnen, wenn der, der es unternommen,
dir die abenteuerliche Geschichte von der Prinzessin Brambilla gerade
so zu erzählen, wie er sie in Meister Callots kecken Federstrichen ange-
deutet fand, dir geradehin zumutet, daß du wenigstens bis zu den letzten
Worten des Büchleins dich willig dem Wunderbaren hingeben, ja sogar
was Weniges davon glauben mögest. – Doch vielleicht hast du schon in
dem Augenblick, als das Märchen sich einlogiert im Palast Pistoja, oder
als die Prinzessin aus dem bläulichen Duft der Weinflasche gestiegen,
ausgerufen: »Tolles fratzenhaftes Zeug!« und das Buch ohne Rücksicht
auf die artigen Kupferblätter unmutig weggeworfen? – Da käme denn
alles, was ich dir zu sagen im Begriff stehe, um dich für die seltsamlichen
Zaubereien des Callotschen Capriccios zu gewinnen, zu spät, und das
wäre in der Tat schlimm genug für mich und für die Prinzessin Brambilla!
Doch vielleicht hofftest du, daß der Autor, nur scheu geworden durch
irgendein tolles Gebilde, das ihm wieder plötzlich in den Weg trat, einen
Seitenweg machte ins wilde Dickicht, und daß er, zur Besonnenheit gelangt, wieder einlenken würde in den breiten ebenen Weg, und das vermochte dich, weiter zu lesen! – Glück zu! – Nun kann ich dir sagen,
günstiger Leser, daß es mir (vielleicht weißt du es auch aus eigner Erfahrung) schon hin und wieder gelang, märchenhafte Abenteuer gerade in
dem Moment, als sie, Luftbilder des aufgeregten Geistes, in nichts verschwimmen wollten, zu erfassen und zu gestalten, daß jedes Auge, mit
Sehkraft begabt für dergleichen, sie wirklich im Leben schaute und eben
deshalb daran glaubte. Daher mag mir der Mut kommen, meinen gemütlichen Umgang mit allerlei abenteuerlichen Gestalten und mit vielen ge-

625

nugsam tollen Bildern fernerhin öffentlich zu treiben, selbst die ernsthaftesten Leute zu dieser seltsam bunten Gesellschaft einzuladen, und du wirst, sehr geliebter Leser, diesen Mut kaum für *Übermut*, sondern nur für das verzeihliche Streben halten können, dich aus dem engen Kreise gewöhnlicher Alltäglichkeit zu verlocken und dich in fremdem Gebiet, das am Ende doch eingehegt ist in das Reich, welches der menschliche Geist im wahren Leben und Sein nach freier Willkür beherrscht, auf ganz eigne Weise zu vergnügen. – Doch, sollte dies alles nicht gelten dürfen, so kann ich in der Angst, die mich befallen, mich nur auf sehr ernsthafte Bücher berufen, in denen Ähnliches vorkommt, und gegen deren vollkommene Glaubwürdigkeit man nicht den mindesten Zweifel zu erheben vermag. Was nämlich den Zug der Prinzessin Brambilla betrifft, der mit allen Einhörnern, Pferden und sonstigem Fuhrwerk ohne Hindernis durch die engen Pforten des Palastes Pistoja passiert, so ist schon in »Peter Schlemihls wundersamer Geschichte«, deren Mitteilung wir dem wackern Weltumsegler Adalbert von Chamisso verdanken, von einem gewissen gemütlichen grauen Mann die Rede, der ein Kunststück machte, welches jenen Zauber beschämt. Er zog nämlich, wie bekannt, auf Begehren englisches Pflaster, Tubus, Teppich, Zelt, zuletzt Wagen und Rosse ganz bequem ohne Hindernis aus derselben Rocktasche. – Was nun aber die Prinzessin betrifft – Doch genug! – Zu erwähnen wäre freilich noch, daß wir im Leben oft plötzlich vor dem geöffneten Tor eines wunderbaren Zauberreichs stehen, daß uns Blicke vergönnt sind in den innersten Haushalt des mächtigen Geistes, dessen Atem uns in den seltsamsten Ahnungen geheimnisvoll umweht; du könntest aber, geliebter Leser, vielleicht mit vollem Recht behaupten, du hättest niemals aus jenem Tor ein solches tolles Capriccio ziehen sehen, als ich es geschaut zu haben vermeine. Fragen will ich dich daher lieber, ob dir niemals in deinem Leben ein seltsamer Traum aufstieg, dessen Geburt du weder dem verdorbenen Magen, noch dem Geist des Weins oder des Fiebers zuschreiben konntest? aber es war, als habe das holde magische Zauberbild, das sonst nur in fernen Ahnungen zu dir sprach, in geheimnisvoller Vermählung mit deinem Geist sich deines ganzen Innern bemächtigt, und in scheuer Liebeslust trachtetest und wagtest du nicht, die süße Braut zu umfangen, die im glänzenden Schmuck eingezogen in die trübe, düstre Werkstatt der Gedanken – *die* aber ginge auf vor dem Glanz des Zauberbildes in hellem Schimmer, und alles Sehnen, alles Hoffen, die inbrünstige Begier, das Unaussprechliche zu fahen, würde wach und rege und zuckte auf in glühenden Blitzen, und du wolltest untergehen in unnennbarem Weh, und nur *sie,* nur das holde Zauberbild sein! – Half es, daß du aus dem Traum erwachtest? – Blieb dir nicht das namenlose Entzücken, das im äußern Leben, ein schneidender Schmerz, die Seele durchwühlt, blieb dir das nicht zurück? Und alles um dich her erschien dir öde, traurig, farblos? und du wähntest, nur jener Traum sei dein eigentliches Sein, was du aber sonst für dein Leben gehalten, nur der Mißverstand des betörten Sinns? und alle deine Gedanken strahlten zusammen in den Brennpunkt, der, Feuerkelch der höchsten Inbrunst, dein süßes Geheimnis verschlossen hielt vor dem blinden, wüsten Treiben der Alltagswelt? – Hm! – in solcher träumerischer Stimmung stößt man sich wohl die Füße wund an spitzen Steinen, vergißt den Hut abzunehmen vor vornehmen Leuten, bietet den Freunden einen guten Morgen in später Mitternacht, rennt mit dem Kopf gegen die erste beste Haustüre, weil man vergaß sie aufzumachen; kurz, der Geist trägt den Körper wie ein unbequemes Kleid, das überall zu breit, zu lang, zu ungefügig ist. –

In diesen Zustand geriet nun der junge Schauspieler Giglio Fava, als er mehrere Tage hintereinander vergebens darnach trachtete, auch nur das mindeste von der Prinzessin Brambilla zu erspüren. Alles, was ihm im Korso Wunderbares begegnet, schien ihm nur die Fortsetzung jenes Traums, der ihm die Holde zugeführt, deren Bild nun aufstieg aus dem bodenlosen Meer der Sehnsucht, in dem er untergehen, verschwimmen wollte. Nur sein Traum war sein Leben, alles übrige ein unbedeutendes, leeres Nichts: und so kann man denken, daß er auch den Schauspieler ganz vernachlässigte. Ja noch mehr, statt die Worte seiner Rolle herzusagen, sprach er von seinem Traumbilde, von der Prinzessin Brambilla, schwor, des assyrischen Prinzen sich zu bemächtigen, im Irrsal der Gedanken, so daß er selbst dann der Prinz sein werde, geriet in ein Labyrinth wirrer, ausschweifender Reden. Jeder mußte ihn für wahnsinnig halten; am ersten aber der Impresario, der ihn zuletzt ohne weiteres fortjagte; und sein spärliches Einkommen schwand ganz dahin. Die wenigen Dukaten, die ihm der Impresario aus purer Großmut bei dem Abschiede hingeworfen, konnten nur ausreichen für geringe Zeit, der bitterste Mangel war im Anzuge. Sonst hätte das dem armen Giglio große Sorge und Angst verursacht; jetzt dachte er nicht daran, da er in einem Himmel schwebte, wo man irdischer Dukaten nicht bedarf.

Was die gewöhnlichen Bedürfnisse des Lebens betrifft, eben nicht lecker, pflegte Giglio seinen Hunger im Vorübergehen bei irgendeinem der Fritterolis, die bekanntlich ihre Garküchen auf offner Straße halten, zu stillen. So begab es sich, daß er eines Tages ein gutes Gericht Makkaroni zu verzehren gedachte, das ihm aus der Bude entgegendampfte. Er trat hinan; als er aber, um den spärlichen Mittag zu bezahlen, den Beutel hervorzog, machte ihn die Entdeckung nicht wenig bestürzt, daß darin auch kein einziger Bajock enthalten. In dem Augenblick wurde aber auch das leibliche Prinzip, von welchem das geistige, mag es auch noch so stolz tun, hier auf Erden in schnöder Sklaverei gehalten wird, recht rege und mächtig. Giglio fühlte, wie es sonst nie geschehen, wenn er, von den sublimsten Gedanken erfüllt, wirklich eine tüchtige Schüssel Makkaroni verzehrt, daß es ihn ungemein hungre, und er versicherte dem Garküchler, daß er zwar zufällig kein Geld bei sich trage, das Gericht, das er zu verzehren gedenke, aber ganz gewiß andern Tages bezahlen werde. Der Garküchler lachte ihm indessen ins Gesicht und meinte, habe er auch kein Geld, so könne er doch seinen Appetit stillen; er dürfe ja nur das schöne Paar Handschuhe, das er trage, oder den Hut oder das Mäntelchen zurücklassen. Nun erst trat dem armen Giglio die schlimme Lage, in der er sich befand, recht lebhaft vor Augen. Er sah sich bald, ein zerlumpter Bettler, die Suppe vor den Klöstern einlöffeln. Doch tiefer schnitt es ihm ins Herz, als er, aus dem Traum erwacht, nun erst den Celionati gewahrte, der auf seinem gewöhnlichen Platz vor der Kirche S. Carlo das Volk mit seinen Fratzen unterhielt und ihm, als er hinschaute, einen Blick zuwarf, in dem er die ärgste Verhöhnung zu lesen glaubte. – Zerronnen in nichts war das holde Traumbild, untergegangen jede süße Ahnung; es war ihm gewiß, daß der verruchte Celionati ihn durch allerlei teuflische Zauberkünste verlockt, ihn, seine törichte Eitelkeit in höhnischer Schadenfreude nützend, mit der Prinzessin Brambilla auf unwürdige Weise gefoppt habe.

Wild rannte er von dannen; ihn hungerte nicht mehr, er dachte nur daran, wie er sich an dem alten Hexenmeister rächen könne.

Selbst wußte er nicht, welches seltsame Gefühl durch allen Zorn, durch alle Wut im Innern durchdrang und ihn stillzustehen nötigte, als banne ihn plötzlich ein unbekannter Zauber fest. – »Giacinta!« rief es aus ihm heraus. Er stand vor dem Hause, in dem das Mädchen wohnte, und dessen steile Treppe er so oft in heimlicher Dämmerung erstiegen. Da dachte er, wie das trügerische Traumbild zuerst des holden Mädchens Unmut erregt, wie er sie dann verlassen, nicht mehr wiedergesehen, nicht mehr an sie gedacht, wie er die Geliebte verloren, sich in Not und Elend gestürzt habe, Celionatis toller unseliger Fopperei halber. Ganz aufgelöst in Wehmut und Schmerz, konnte er nicht zu sich selbst kommen, bis endlich der Entschluß durchbrach, auf der Stelle hinaufzugehen und, koste es was es wolle, Giacintas Gunst wiederzugewinnen. – Gedacht, getan! – Als er nun aber an Giacintas Türe klopfte, blieb drinnen alles mäuschenstill. – Er legte das Ohr an, kein Atemzug ließ sich vernehmen. Da rief er ganz kläglich Giacintas Namen mehrmals; und als nun auch keine Antwort erfolgte, begann er die rührendsten Bekenntnisse seiner Torheit; er versicherte, daß der Teufel selbst in der Gestalt des verdammten Quacksalbers Celionati ihn verlockt, und geriet dann in die hochgestelltesten Beteurungen seiner tiefen Reue und inbrünstigen Liebe.

Da erschallte eine Stimme von unten herauf: »Ich möchte nur wissen, welcher Esel hier in meinem Hause seine Lamentationen abächzt und heult vor der Zeit, da es noch lange hin ist bis zum Aschermittwoch!« – Es war Signor Pasquale, der dicke Hauswirt, der mühsam die Treppe hinaufstieg und, als er den Giglio erblickte, ihm zurief. »Ah! – seid Ihr es, Signor Giglio? – Sagt mir nur, welcher böse Geist Euch treibt, hier eine O-und-Achs-Rolle irgendeines läppischen Trauerspiels ins leere Zimmer hineinzuwinseln?«– »Leeres Zimmer?« – schrie Giglio auf, »leeres Zimmer? Um aller Heiligen willen, Signor Pasquale, sagt, wo ist Giacinta? – wo ist sie, mein Leben, mein Alles?« – Signor Pasquale sah dem Giglio starr ins Gesicht und sprach dann ruhig: »Signor Giglio, ich weiß, wie es mit Euch steht; ganz Rom hat erfahren, wie Ihr von der Bühne abtreten müssen, weil es Euch im Kopfe rappelt – Geht zum Arzt, geht zum Arzt, laßt Euch ein paar Pfund Blut abzapfen, steckt den Kopf ins kalte Wasser!« – »Bin ich«, rief Giglio heftig, »bin ich noch nicht wahnsinnig, so werde ich es, wenn Ihr mir nicht augenblicklich sagt, wo Giacinta geblieben.« – »Macht mir«, fuhr Signor Pasquale ruhig fort, »macht mir doch nicht weis, Signor Giglio, daß Ihr nicht davon unterrichtet sein solltet, auf welche Weise schon vor acht Tagen Giacinta aus meinem Hause kam und die alte Beatrice ihr dann folgte.« –

Als nun aber Giglio in voller Wut schrie: »Wo ist Giacinta?« und dabei den dicken Hauswirt hart anpackte, brüllte dieser dermaßen: »Hilfe! Hilfe! Mörder!« daß das ganze Haus rege wurde. Ein vierschrötiger Lümmel von Hausknecht sprang herbei, faßte den armen Giglio, fuhr mit ihm die Treppe hinab und warf ihn mit einer Behendigkeit zum Hause heraus, als habe er ein Wickelpüppchen in den Fäusten.

Des harten Falls nicht achtend, raffte sich Giglio auf und rannte, nun in der Tat von halbem Wahnsinn getrieben, durch die Straßen von Rom.

Ein gewisser Instinkt, erzeugt von der Gewohnheit, brachte ihn, als gerade die Stunde schlug, in der er sonst in das Theater eilen mußte, eben dahin und in die Garderobe der Schauspieler. Da erst besann er sich, wo er war, um in die tiefste Verwunderung zu geraten, als er an dem Ort, wo sonst tragische Helden, aufgestutzt in Silber und Gold, in voller Gravität einherschreitend, die hochtrabenden Verse repetierten, mit denen sie das Publikum in Staunen, in Furore zu setzen gedachten, sich von Pantalon und Arlecchino, von Truffaldino und Colombine, kurz von allen Masken der italienischen Komödie und Pantomime umschwärmt sah. Er stand da festgepflöckt in den Boden und schaute umher mit weitaufgerissenen Augen, wie einer, der plötzlich aus dem Schlafe erwacht und sich umringt sieht von fremder, ihm unbekannter toller Gesellschaft.

Giglios wirres, gramverstörtes Ansehen mochte in dem Innern des Impresario so etwas von Gewissensbissen rege machen, das ihn plötzlich umsetzte in einen sehr herzlichen weichmütigen Mann.

»Ihr wundert«, sprach er den Jüngling an, »Ihr wundert Euch wohl, Signor Fava, daß Ihr hier alles so ganz anders findet als damals, da Ihr mich verließet? Gestehen muß ich Euch, daß all die pathetischen Aktionen, mit denen sich sonst mein Theater brüstete, dem Publikum viel Langeweile zu machen begannen, und daß diese Langeweile um so mehr auch mich ergriff, da mein Beutel darüber in den miserablen Zustand wahrer Auszehrung verfiel. Nun hab' ich all das tragische Zeug fahren lassen und mein Theater dem freien Scherz, der anmutigen Neckerei unserer Masken hingegeben und befinde mich wohl dabei.«

»Ha!« rief Giglio mit brennenden Wangen, »ha, Signor Impresario, gesteht es nur, mein Verlust zerstörte Euer Trauerspiel. – Mit dem Fall des Helden fiel auch die Masse, die sein Atem belebte, in ein totes Nichts zusammen?«

»Wir wollen«, erwiderte der Impresario lächelnd, »wir wollen das nicht so genau untersuchen! doch Ihr scheint in übler Laune, drum bitte ich Euch, geht hinab und schaut meine Pantomime! Vielleicht heitert Euch das auf, oder Ihr ändert vielleicht Eure Gesinnung und werdet wieder mein, wiewohl auf ganz andere Weise; denn möglich wär' es ja, daß – doch geht nur, geht! – Hier habt Ihr eine Marke, besucht mein Theater, sooft es Euch gefällt!«

Giglio tat, wie ihm geheißen, mehr aus dumpfer Gleichgültigkeit gegen alles, was ihn umgab, als aus Lust, die Pantomime wirklich zu schauen.

Unfern von ihm standen zwei Masken in eifrigem Gespräch begriffen. Giglio hörte öfters seinen Namen nennen; das weckte ihn aus seiner Betäubung, er schlich näher heran, indem er den Mantel bis an die Augen übers Gesicht schlug, um unerkannt alles zu erlauschen.

»Ihr habt recht«, sprach der eine, »Ihr habt recht: der Fava ist schuld daran, daß wir auf diesem Theater keine Trauerspiele mehr sehen. Diese Schuld möchte ich aber keinesweges, wie Ihr, in seinem Abtreten von der Bühne, sondern vielmehr in seinem Auftreten suchen und finden.« – »Wie meint Ihr das?« fragte der andere. »Nun«, fuhr der erste fort, »ich für mein Teil habe diesen Fava, unerachtet es ihm nur zu oft gelang, Furore zu erregen, immer für den erbärmlichsten Schauspieler gehalten, den es jemals gab. Machen ein Paar blitzende Augen, wohlgestaltete Beine, ein zierlicher Anzug, bunte Federn auf der Mütze und tüchtige Bänder auf den Schuhen denn den jungen tragischen Helden? In der Tat, wenn der Fava so mit abgemessenen Tänzerschritten vorkam aus dem Grunde des Theaters, wenn er, keinen Mitspieler beachtend, nach den Logen schielte und, in seltsam gezierter Stellung verharrend, den Schönsten Raum gab, ihn zu bewundern, wahrhaftig, dann kam er mir vor wie ein junger, närrisch bunter Haushahn, der in der Sonne stolz und sich gütlich tut. Und wenn er dann mit verdrehten Augen, mit den Händen die Lüfte durchsägend, bald sich auf den Fußspitzen erhebend, bald wie ein Taschenmesser zusammenklappend, mit hohler Stimme die Verse holpricht und schlecht hertragierte, sagt, welches vernünftigen Menschen Brust konnte dadurch wahrhaft erregt werden? – Aber wir Italiener sind nun einmal so; wir wollen das Übertriebene, das uns einen Moment gewaltsam erschüttere, und das wir verachten, sobald wir inne werden, daß das, was wir für Fleisch und Bein hielten, nur eine leblose Puppe ist, die, an künstlichen Drähten von außen her gezogen, uns mit ihren seltsamen Bewegungen täuschte. So wär's auch mit dem Fava gegangen; nach und nach wär' er elendiglich dahingestorben, hätt' er nicht selbst seinen frühern Tod beschleunigt.« – »Mich dünkt«, nahm der andere das Wort, »mich dünkt, Ihr beurteilt den armen Fava viel zu hart. Wenn Ihr ihn eitel, geziert scheltet, wenn Ihr behauptet, daß er niemals seine Rolle, sondern nur sich selbst spielte, daß er auf eben nicht lobenswerte Weise nach Beifall haschte, so möget Ihr allerdings recht haben; doch war er ein ganz artiges Talent zu nennen, und daß er zuletzt in tollen Wahnsinn verfiel, das nimmt doch wohl unser Mitleid in Anspruch, und zwar um so mehr, als die Anstrengung des Spiels doch wohl die Ursache seines

633

Wahnsinns ist.« – »Glaubt das«, erwiderte der erste lachend, »glaubt doch das ja nicht! Möget Ihr es Euch wohl vorstellen, daß Fava wahnsinnig wurde aus purer Liebeseitelkeit? – Er glaubt, daß eine Prinzessin in ihn verliebt ist, der er jetzt nachläuft auf Stegen und Wegen. – Und dabei ist er aus purer Taugenichtserei verarmt, so daß er heute bei den Fritterolis Handschuhe und Hut zurücklassen mußte für ein Gericht zäher Makkaroni.« – »Was sagt Ihr?« rief der andere, »ist es möglich, daß es solche Tollheiten gibt? – Aber man sollte dem armen Giglio, der uns doch manchen Abend vergnügt hat, etwas zufließen lassen auf diese und jene Weise. Der Hund von Impresario, dem er manchen Dukaten in die Tasche gespielt, sollte sich seiner annehmen und ihn wenigstens nicht darben lassen.« – »Ist nicht nötig«, sprach der erste; »denn die Prinzessin Brambilla, die seinen Wahnsinn und seine Not kennt, hat, wie nun Weiber jede Liebestorheit nicht allein verzeihlich, sondern gar hübsch finden und dem Mitleid sich dann nur zu gern hingeben, ihm soeben einen kleinen, mit Dukaten gefüllten Beutel zustecken lassen.« – Mechanisch, willenlos faßte Giglio, als der Fremde diese Worte sprach, nach der Tasche und fühlte in der Tat den kleinen, mit klimperndem Golde gefüllten Beutel, den er von der träumerischen Prinzessin Brambilla empfangen haben sollte. Wie ein elektrischer Schlag fuhr es ihm durch alle Glieder. Nicht der Freude über das willkommene Wunder, das ihn auf einmal aus seiner trostlosen Lage rettete, konnte er Raum geben, da das Entsetzen ihn eiskalt anwehte. Er sah sich unbekannten Mächten zum Spielwerk hingegeben, er wollte losstürzen auf die fremde Maske, bemerkte aber auch in demselben Augenblick, daß die beiden Masken, die das verhängnisvolle Gespräch führten, spurlos verschwunden.

Den Beutel aus der Tasche zu ziehen und sich noch triftiger von seiner Existenz zu überzeugen, das wagte Giglio gar nicht, fürchtend, das Blendwerk würde in seinen Händen zerfließen in nichts. Indem er sich nun aber ganz seinen Gedanken überließ und nach und nach ruhiger wurde, dachte er daran, daß alles das, was er für den Spuk neckhafter Zaubermächte zu halten geneigt, auf ein Possenspiel hinauslaufen könne, das am Ende der abenteuerliche, launische Celionati aus dem tiefen, dunklen Hintergrunde heraus an ihm nur unsichtbaren Faden leite. Er dachte daran, daß der Fremde ja selbst ihm sehr gut im Gewühl der Menschenmasse das Beutelchen habe zustecken können, und daß alles, was er von der Prinzessin Brambilla gesagt, eben die Fortsetzung der Neckerei sei, welche Celionati begonnen. Indem sich nun aber in seinem

Innern der ganze Zauber ganz natürlich zum Gemeinen wenden und darin auflösen wollte, kam ihm auch der ganze Schmerz der Wunden wieder, die der scharfe Kritiker ihm schonungslos geschlagen. Die Hölle der Schauspieler kann keine entsetzlichern Qualen haben als recht ins Herz hineingeführte Angriffe auf ihre Eitelkeit. Und selbst das Angreifbare dieses Punkts, das Gefühl der Blöße, mehrt im gesteigerten Unmut den Schmerz der Streiche, der es dem Getroffenen, sucht er ihn auch zu verbeißen oder ihn durch schickliche Mittel zu beschwichtigen, eben recht fühlbar macht, daß er wirklich getroffen wurde. – So konnte Giglio das fatale Bild von dem jungen, närrisch bunten Haushahn, der sich wohlgefällig in der Sonne spreizt, nicht los werden und ärgerte und grämte sich darüber ganz gewaltig eben deshalb, weil er im Innern, ohne es zu wollen, vielleicht anerkennen mußte, daß die Karikatur wirklich dem Urbilde entnommen.

Gar nicht fehlen konnt' es, daß Giglio in dieser gereizten Stimmung kaum auf das Theater sah und der Pantomime nicht achtete, wenn auch der Saal oft von dem Lachen, von dem Beifall, von dem Freudengeschrei der Zuschauer erdröhnte.

Die Pantomime stellte nichts anderes dar, als die in hundert und abermal hundert Variationen wiederholten Liebesabenteuer des vortrefflichen Arlecchino mit der süßen, neckisch holden Colombina. Schon hatte des alten reichen Pantalons reizende Tochter die Hand des blanken geputzten Ritters, des weisen Dottores ausgeschlagen und rundweg erklärt, sie werde nun durchaus keinen andern lieben und heiraten als den kleinen, gewandten Mann mit schwarzem Gesicht und im aus hundert Lappen zusammengeflickten Wams; schon hatte Arlecchino mit seinem treuen Mädchen die Flucht ergriffen und war, von einem mächtigen Zauber beschirmt, den Verfolgungen Pantalons, Truffaldins, des Dottore, des Ritters glücklich entronnen. Es stand an dem, daß doch endlich Arlecchino, mit seiner Trauten kosend, von den Sbirren ertappt und samt ihr ins Gefängnis geschleppt werden sollte. Das geschah nun auch wirklich; aber in dem Augenblick, da Pantalon mit seinem Anhang das arme Paar recht verhöhnen wollte, da Colombina, ganz Schmerz, unter tausend Tränen auf den Knien um ihren Arlecchino flehte, schwang dieser die Pritsche, und es kamen von allen Seiten, aus der Erde, aus den Lüften, sehr schmucke, blanke Leute von dem schönsten Ansehen, bückten sich tief vor Arlecchino und führten ihn samt der Colombina im Triumph davon. Pantalon, starr vor Erstaunen, läßt sich nun ganz erschöpft auf eine steinerne Bank nieder, die im Gefängnisse befindlich, ladet den Ritter und den Dottore ein, ebenfalls Platz zu nehmen; alle drei beratschlagen, was nun zu tun noch möglich. Truffaldin stellt sich hinter sie, steckt neugierig den Kopf dazwischen, will nicht weichen, unerachtet es reichliche Ohrfeigen regnet von allen Seiten. Nun wollen sie aufstehen, sind aber festgezaubert an die Bank, der augenblicklich ein Paar mächtige Flügel wachsen. Auf einem ungeheuern Geier fährt unter lautem Hilfsgeschrei die ganze Gesellschaft fort, durch die Lüfte. – Nun verwandelt sich das Gefängnis in einen offnen, mit Blumenkränzen geschmückten Säulensaal, in dessen Mitte ein hoher, reichverzierter Thron errichtet. Man hört eine anmutige Musik von Trommeln, Pfeifen und Zimbeln. Es naht sich ein glänzender Zug; Arlecchino wird auf einem Palankin von Mohren getragen, ihm folgt Colombina auf einem prächtigen Triumphwagen. Beide werden von reichgekleideten Ministern auf den Thron geführt, Arlecchino erhebt die Pritsche als Zepter, alles huldigt ihm kniend, auch Pantalon mit seinem Anhange erblickt man unter dem huldigenden Volke auf den Knien. Arlecchino herrscht, gewaltiger Kaiser, mit seiner Colombina über ein schönes, herrliches, glänzendes Reich! –

Sowie der Zug auf das Theater kam, warf Giglio einen Blick hinauf und konnte, nun ganz Verwunderung und Erstaunen, den Blick nicht mehr abwenden, als er alle Personen aus dem Aufzuge der Prinzessin Brambilla wahrnahm, die Einhörner, die Mohren, die filetmachenden Damen auf Maultieren u. s. Auch fehlte nicht der ehrwürdige Gelehrte und Staatsmann in der goldgleißenden Tulpe, der vorüberfahrend aufsah von dem Buch und dem Giglio freundlich zuzunicken schien. Nur statt der verschlossenen Spiegelkutsche der Prinzessin fuhr Colombina daher auf dem offnen Triumphwagen! –

Aus Giglios Innerstem heraus wollte sich eine dunkle Ahnung gestalten, daß auch diese Pantomime mit allem dem Wunderlichen, das ihm geschehen, wohl im geheimnisvollen Zusammenhang stehen möge; aber so wie der Träumende vergebens strebt, die Bilder festzuhalten, die aus seinem eignen Ich aufsteigen, so konnte auch Giglio zu keinen deutlichen Gedanken kommen, auf welche Weise jener Zusammenhang möglich. –

Im nächsten Café überzeugte Giglio sich, daß die Dukaten der Prinzessin Brambilla kein Blendwerk, vielmehr von gutem Klange und Gepräge waren. – »Hm!« dachte er, »Celionati hat mir das Beutelchen zugesteckt aus großer Gnade und Barmherzigkeit, und ich will ihm die Schuld abtragen, sobald ich auf der Argentina glänzen werde, was mir wohl nicht fehlen kann, da nur der grimmigste Neid, die schonungsloseste Kabale mich für einen schlechten Schauspieler ausschreien darf!« – Die Vermutung, daß das Geld wohl von Celionati herrühre, hatte ihren richtigen Grund; denn in der Tat hatte der Alte ihm schon manchmal aus großer Not geholfen. Sonderbar wollt' es ihm indessen doch gemuten, als er auf dem zierlichen Beutel die Worte gestickt fand: »Gedenke deines Traumbilds!« – Gedankenvoll betrachtete er die Inschrift, als ihm einer ins Ohr schrie: »Endlich treffe ich dich, du Verräter, du Treuloser, du Ungeheuer von Falschheit und Undank!« – Ein unförmlicher Dottore hatte ihn gefaßt, nahm nun ohne Umstände neben ihm Platz und fuhr fort in allerlei Verwünschungen. »Was wollt Ihr von mir? seid Ihr toll, rasend?« So rief Giglio; doch nun nahm der Dottore die häßliche Larve vom Gesicht, und Giglio erkannte die alte Beatrice. »Um aller Heiligen willen«, rief Giglio ganz außer sich, »seid Ihr es, Beatrice? – wo ist Giacinta? wo ist das holde, süße Kind? – mein Herz bricht in Liebe und Sehnsucht! wo ist Giacinta?« – »Fragt nur«, erwiderte die Alte mürrisch, »fragt nur, unseliger, verruchter Mensch! Im Gefängnis sitzt die arme Giacinta und verschmachtet ihr junges Leben, und Ihr seid an allem schuld. Denn, hatte sie nicht das Köpfchen voll von Euch, konnte sie die Abendstunde erwarten, so stach sie sich nicht, als sie den Besatz an dem Kleide der Prinzessin Brambilla nähte, in den Finger, so kam der garstige Fleck nicht hinein, so konnte der würdige Meister Bescapi, den die Hölle verschlingen möge, nicht den Ersatz des Schadens von ihr verlangen, konnte sie nicht, da wir das viele Geld, das er verlangte, nicht aufzubringen vermachten, ins Gefängnis stecken lassen. – Ihr hättet Hilfe schaffen können – aber da zog der Herr Schauspieler Taugenichts die Nase zurück –« – »Halt!« unterbrach Giglio die geschwätzige Alte, »deine Schuld ist es, daß du nicht zu mir ranntest, mir alles sagtest. Mein Leben für die Holde! – Wär' es nicht Mitternacht, ich liefe hin zu dem abscheulichen Bescapi – diese Dukaten – mein Mädchen wäre frei in der nächsten Stunde; doch, was Mitternacht? Fort, fort, sie zu retten!« – Und damit stürmte Giglio fort. Die Alte lachte ihm höhnisch nach. –

Wie es sich aber wohl begibt, daß wir in gar zu großem Eifer, etwas zu tun, gerade die Hauptsache vergessen, so fiel es auch dem Giglio erst dann ein, als er durch die Straßen von Rom sich atemlos gerannt, daß er sich nach Bescapis Wohnung bei der Alten hätte erkundigen sollen, da dieselbe ihm durchaus unbekannt war. Das Schicksal oder der Zufall wollte es jedoch, daß er, endlich auf den spanischen Platz geraten, gerade vor Bescapis Hause stand, als er laut ausrief: »Wo nur der Teufel, der Bescapi wohnen mag!« – Denn sogleich nahm ihn ein Unbekannter unter den Arm und führte ihn ins Haus, indem er ihm sagte, daß Meister Bescapi eben dort wohne und er noch sehr gut die vielleicht bestellte Maske erhalten könne. Ins Zimmer hineingetreten, bat ihn der Mann, da Meister Bescapi nicht zu Hause, selbst den Anzug zu bezeichnen, den er für sich bestimmt; vielleicht wär's ein simpler Tabarro oder sonst – Giglio fuhr aber dem Mann, der nichts anders war als ein sehr würdiger Schneidergeselle, über den Hals und sprach so viel durcheinander von Blutfleck und Gefängnis und Bezahlen und augenblicklicher Befreiung, daß der Geselle ganz starr und verblüfft ihm in die Augen sah, ohne ihm eine Silbe erwidern zu können. »Verdammter! du willst mich nicht verstehen; schaff' mir deinen Herrn, den teuflischen Hund, zur Stelle!« So schrie Giglio und packte den Gesellen. Da ging es ihm aber gerade wie in Signor Pasqualis Hause. Der Geselle brüllte der maßen, daß von allen Seiten die Leute herbeiströmten. Bescapi selbst stürzte herein; sowie aber *der* den Giglio erblickte, rief er: »Um aller Heiligen willen, es ist der wahnsinnige Schauspieler, der arme Signor Fava. Packt an, Leute, packt an!« – Nun fiel alles über ihn her, man überwältigte ihn leicht, band ihm Hände und Füße und legte ihn auf ein Bett. Bescapi trat zu ihm; *den* sprudelte er an mit tausend bittern Vorwürfen über seinen Geiz, über seine Grausamkeit und sprach vom Kleide der Prinzessin Brambilla, vom Blutfleck, vom Bezahlen u.s.w. »Beruhigt Euch doch nur«, sprach Bescapi sanft, »beruhigt Euch doch nur, bester Signor Giglio, laßt die Gespenster fahren, die Euch quälen! In wenigen Augenblicken wird Euch alles ganz anders vorkommen.« –

Was Bescapi damit gemeint, zeigte sich bald; denn ein Chirurgus trat herein und schlug dem armen Giglio, alles Sträubens unerachtet, eine Ader. – Erschöpft von allen Begebnissen des Tages, von dem Blutverlust, sank der arme Giglio in tiefen, ohnmachtähnlichen Schlaf.

Als er erwachte, war es tiefe Nacht um ihn her, nur mit Mühe vermochte er sich darauf zu besinnen, was zuletzt mit ihm vorgegangen, er fühlte, daß man ihn losgebunden, vor Mattigkeit konnte er sich aber doch nicht viel regen und bewegen. Durch eine Ritze, die wahrscheinlich in einer Türe befindlich, fiel endlich ein schwacher Strahl ins Zimmer, und es war ihm, als vernehme er ein tiefes Atmen, dann aber ein leises Flüstern, das endlich zu verständlichen Worten wurde; – »Seid Ihr es wirklich, mein teurer Prinz? – und in diesem Zustande? so klein, so klein, daß ich glaube, Ihr hättet Platz in meinem Konfektschächtelchen! – Aber glaubt etwa nicht, daß ich Euch deshalb weniger schätze und achte; weiß ich denn nicht, daß Ihr ein stattlicher liebenswürdiger Herr seid, und daß ich das alles jetzt nur träume? – Habt doch nur die Güte, Euch morgen mir zu zeigen, geschieht es auch nur als Stimme! – Warft Ihr Eure Augen auf mich arme Magd, so mußte es ja eben geschehen, da sonst –« Hier gingen die Worte wieder unter in undeutlichem Flüstern! – Die Stimme hatte ungemein was Süßes, Holdes; Giglio fühlte sich von heimlichen Schauern durchbebt; indem er aber recht scharf aufzuhorchen sich bemühte, wiegte ihn das Flüstern, das beinahe dem Plätschern einer nahen Quelle zu vergleichen, wiederum in tiefen Schlaf. – Die Sonne schien hell ins Zimmer, als ein sanftes Rütteln den Giglio aus dem Schlafe weckte. Meister Bescapi stand vor ihm und sprach, indem er seine Hand faßte, mit gutmütigem Lächeln: »Nicht wahr, Ihr befindet Euch besser, liebster Signor? – Ja, den Heiligen Dank! Ihr seht zwar ein wenig blaß, aber Euer Puls geht ruhig. Der Himmel führte Euch in Euerm bösen Paroxismus in mein Haus und erlaubte mir, Euch, den ich für den herrlichsten Schauspieler in Rom halte, und dessen Verlust uns alle in die tiefste Trauer versetzt hat, einen kleinen Dienst erweisen zu können.« Bescapis letzte Worte waren freilich kräftiger Balsam für die geschlagenen Wunden; indessen begann Giglio doch ernst und finster genug: »Signor Bescapi, ich war weder krank, noch wahnsinnig, als ich Euer Haus betrat. Ihr waret hartherzig genug, meine holde Braut, die arme Giacinta Soardi, ins Gefängnis stecken zu lassen, weil sie Euch ein schönes Kleid, das sie verdorben, nein, das sie geheiligt, indem sie aus der Nähnadelstichwunde des zartesten Fingers rosigen Ichor darüber versprietzte, nicht bezahlen konnte. Sagt mir augenblicklich, was Ihr für das Kleid verlangt; ich bezahle die Summe, und dann gehen wir hin auf der Stelle und befreien das holde, süße Kind aus dem Gefängnis, in dem sie Eures Geizes halber schmachtet.« – Damit erhob sich Giglio so rasch, als er es nur vermochte, aus dem Bette und zog den Beutel mit Dukaten aus der Tasche, den er, sollt' es darauf ankommen, ganz und gar zu leeren entschlossen war. Doch Bescapi starrte ihn an mit großen Augen und sprach: »Wie möget Ihr Euch doch nur solch tolles Zeug einbilden, Signor Giglio? Ich weiß kein Wort von einem Kleide, das mir Giacinta verdorben haben sollte, kein Wort vom Blutfleck, von ins Gefängnisstecken!« – Als nun aber Giglio nochmals alles erzählte, wie er es von Beatricen vernommen, und insbesondere sehr genau das Kleid beschrieb, welches er selbst bei Giacinta gesehen, da meinte Meister Bescapi, es sei nur zu gewiß, daß ihn die Alte genarrt habe; denn an der ganzen saubern Geschichte sei, wie er hoch beteuern könne, ganz und gar nichts, und habe er auch niemals ein solches Kleid, wie Giglio es geschaut haben wolle, bei Giacinta in Arbeit gegeben. Giglio konnte in Bescapis Worte kein Mißtrauen setzen, da es nicht zu begreifen gewesen, warum er das ihm dargebotene Gold nicht habe annehmen sollen, und er überzeugte sich, daß auch hier der tolle Spuk wirke, in dem er nun einmal befangen. Was blieb übrig, als Meister Bescapi zu verlassen und auf das gute Glück zu warten, das ihm vielleicht die holde Giacinta, für die er nun wieder recht in Liebe entbrannt, in die Arme führen werde.

Vor Bescapis Türe stand eine Person, die er tausend Meilen fortgewünscht hätte, nämlich der alte Celionati. »Ei!« rief er den Giglio lachend an, »ei, Ihr seid doch in der Tat eine recht gute Seele, daß Ihr die Dukaten, die Euch die Gunst des Schicksals zugeworfen, hingeben wolltet für Euer Liebchen, das ja nicht mehr Euer Liebchen ist.« – »Ihr seid«, erwiderte Giglio, »Ihr seid ein fürchterlicher, graulicher Mensch! – Was dringt Ihr ein in mein Leben? was wollt Ihr Euch meines Seins bemächtigen? – Ihr prahlt mit einer Allwissenheit, die Euch vielleicht wenig Mühe kostet – Ihr umringt mich mit Spionen, die jeden meiner Schritte und Tritte belauern – Ihr hetzt alles wider mich auf – Euch verdank' ich den Verlust Giacintens, meiner Stelle – mit tausend Künsten« – »Das«, rief Celionati laut lachend, »das verlohnte sich der Mühe, die hochwichtige Person des Herrn Exschauspielers Giglio Fava dermaßen einzuhegen! – Doch, mein Sohn Giglio, du bedarfst in der Tat eines Vormundes, der dich auf den rechten Weg leitet, welcher zum Ziele führt.« – »Ich bin mündig«, sprach Giglio, »und bitte Euch, mein Herr Ciarlatano, mich getrost mir selbst zu überlassen.« – »Hoho«, erwiderte Celionati, »nur nicht so trotzig! Wie? wenn ich das Gute, Beste mit dir vorhätte, wenn ich dein höchstes Erdenglück wollte, wenn ich als Mittler stünde zwischen dir und der Prinzessin Brambilla?« – »O Giacinta, Giacinta, o ich Unglückseliger habe sie verloren! Gab es einen Tag, der mir schwärzeres Unheil brachte als der gestrige?« So rief Giglio ganz außer sich. »Nun, nun«, sprach Celionati beruhigend, »so ganz unheilbringend war denn doch der Tag nicht. Schon die guten Lehren, die Ihr im Theater erhieltet, konnten Euch sehr heilsam sein, nachdem Ihr darüber beruhigt, daß Ihr wirklich noch nicht Handschuhe, Hut und Mantel im Stich gelassen um ein Gericht zäher Makkaroni; dann saht Ihr die herrlichste Darstellung, die schon darum die erste in der Welt zu nennen, weil sie das Tiefste ausspricht, ohne der Worte zu bedürfen; dann fandet Ihr die Dukaten in der Tasche, die Euch fehlten.« – »Von Euch, von Euch, ich weiß es«, unterbrach ihn Giglio. »Wenn das auch wirklich wäre«, fuhr Celionati fort, »so ändert das in der Sache nichts; genug, Ihr erhieltet das Gold, stelltet Euch mit Euerm Magen wieder auf guten Fuß, traft glücklich in Bescapis Haus ein, wurdet mit einem Euch sehr nötigen und nützlichen Aderlaß bedient und schlieft endlich mit Eurer Geliebten unter einem Dache!« – »Was sagt Ihr?« rief Giglio, »was sagt Ihr? mit meiner Geliebten? mit meiner Geliebten unter einem Dache?« – »Es ist dem so«, erwiderte Celionati, »schaut nur herauf!«

Giglio tat es, und hundert Blitze fuhren durch seine Brust, als er seine holde Giacinta auf dem Balkon erblickte, zierlich geputzt, hübscher, reizender, als er sie jemals gesehen, hinter ihr die alte Beatrice. »Giacinta, meine Giacinta, mein süßes Leben!« rief er sehnsuchtsvoll herauf. Doch Giacinta warf ihm einen verächtlichen Blick herab und verließ den Balkon, Beatrice folgte ihr auf dem Fuße.

»Sie beharrt noch in ihrer verdammten Smorfiosität«, sprach Giglio unmutig; »doch das wird sich geben.« – »Schwerlich!« nahm Celionati das Wort; »denn, mein guter Giglio, Ihr wißt wohl nicht, daß zu derselben Zeit, als Ihr der Prinzessin Brambilla nachtrachtetet auf kühne Manier, sich ein hübscher, stattlicher Prinz um Eure Donna bewarb und, wie es scheint« – »Alle Teufel der Hölle!« schrie Giglio, »der alte Satan, die Beatrice, hat die Arme verkuppelt; aber mit Rattenpulver vergifte ich das heillose Weib, einen Dolch ins Herz stoß' ich dem verfluchten Prinzen.« – »Unterlaßt das alles!« unterbrach ihn Celionati, »unterlaßt das alles, guter Giglio, geht fein ruhig nach Hause und laßt noch ein wenig Blut, wenn Euch böse Gedanken kommen! Gott geleite Euch. Im Korso sehen wir uns wohl wieder.« – Damit eilte Celionati fort über die Straße.

Giglio blieb wie eingewurzelt stehen, warf wütende Blicke nach dem Balkon, biß die Zähne zusammen, murmelte die gräßlichsten Verwünschungen. Als nun aber Meister Bescapi den Kopf zum Fenster hinaussteckte und ihn höflich bat, doch hineinzutreten und die neue Krisis, die sich zu nahen schien, abzuwarten, warf er ihm, den er auch wider sich verschworen, im Komplott mit der Alten glaubte, ein »verdammter Kuppler!« an den Hals und rannte wild von dannen.

Am Korso traf er auf einige vormalige Kameraden, mit denen er in ein nahgelegenes Weinhaus trat, um allen seinen Unmut, allen seinen

Liebesschmerz, all seine Trostlosigkeit untergehen zu lassen in der Glut feurigen Syrakusers.

Sonst ist solch ein Entschluß eben nicht der ratsamste; denn dieselbe Glut, welche den Unmut verschlingt, pflegt, unbezähmbar auflodernd, alles im Innern zu entzünden, das man sonst gern vor der Flamme wahrt; doch mit Giglio ging es ganz gut. Im muntern gemütlichen Gespräch mit den Schauspielern, in allerlei Erinnerungen und lustigen Abenteuern vom Theater her schwelgend, vergaß er wirklich alles Unheil, das ihm begegnet. Man verabredete beim Abschiede, abends auf dem Korso in den tollsten Masken zu erscheinen, die nur ersinnlich.

Der Anzug, den er schon einmal angelegt, schien dem Giglio hinlänglich fratzenhaft; nur verschmähte er diesmal auch nicht das lange seltsame Beinkleid und trug außerdem noch den Mantel hinterwärts auf einen Stock gespießt, so daß es beinahe anzusehen war, als wüchse ihm eine Fahne aus dem Rücken. So angeputzt, durchschwärmte er die Straßen und überließ sich ausgelassener Lustigkeit, weder seines Traumbilds, noch des verlornen Liebchens zu gedenken.

Doch festgewurzelt an den Boden blieb er stehen, als unweit des Palastes Pistoja ihm plötzlich eine hohe, edle Gestalt entgegentrat, in jenen prächtigen Kleidern, in denen ihn einst Giacinta überrascht hatte, oder besser, als er sein Traumbild im hellen wahrhaften Leben vor sich erblickte. Wie ein Blitz fuhr es ihm durch alle Glieder; aber selbst wußte er nicht, wie es geschah, daß die Beklommenheit, die Angst der Liebessehnsucht, die sonst den Sinn zu lähmen pflegt, wenn das holde Bild der Geliebten plötzlich dasteht, unterging in dem fröhlichen Mut solcher Lust, wie er sie noch nie im Innern gefühlt. Den rechten Fuß vor, Brust heraus, Schulter eingezogen, setzte er sich sofort in die zierlichste Positur, in der er jemals die außerordentlichsten Reden tragiert, zog das Barett mit den langen spitzen Hahnenfedern von der steifen Perücke und begann, den schnarrenden Ton beibehaltend, der zu seiner Vermummung paßte, und die Prinzessin Brambilla (daß sie es war, litt keinen Zweifel) durch die große Brille starr anblickend: »Die holdeste der Feen, die hehrste der Göttinnen wandelt auf der Erde; ein neidisches Wachs verbirgt die siegende Schönheit ihres Antlitzes, aber aus dem Glanz, von dem sie umflossen, schießen tausend Blitze und fahren in die Brust des Alters, der Jugend, und alles huldigt der Himmlischen, aufgeflammt in Liebe und Entzücken.«

645

»Aus welchem«, erwiderte die Prinzessin, »aus welchem hochtrabenden Schauspiele habt Ihr diese schöne Redensart her, mein Herr Pantalon Capitano, oder wer Ihr sonst sein wollen möget? – Sagt mir lieber, auf welche Siege die Trophäen deuten, die Ihr so stolz auf dem Rücken traget?« – »Keine Trophäe«, rief Giglio, »denn noch kämpfe ich um den Sieg! – Es ist die Fahne der Hoffnung, des sehnsüchtigsten Verlangens, zu der ich geschworen, das Notzeichen der Ergebung auf Gnad' und Ungnade, das ich aufgesteckt, das: Erbarmt Euch mein, das Euch die Lüfte aus diesen Falten zuwehen sollen. Nehmt mich zu Euerm Ritter an, Prinzessin! dann will ich kämpfen, siegen und Trophäen tragen, Eurer Huld und Schönheit zum Ruhm.« – »Wollt Ihr mein Ritter sein«, sprach die Prinzessin, »so wappnet Euch, wie es sich ziemt! Bedeckt Euer Haupt mit der drohenden Sturmhaube, ergreift das breite, gute Schwert! Dann werd' ich an Euch glauben.« – »Wollt Ihr meine Dame sein«, erwiderte Giglio, »Rinaldos Armida, so seid es ganz! Legt diesen prunkenden Schmuck ab, der mich betört, befängt wie gefährliche Zauberei. Dieser gleißende Blutfleck« – »Ihr seid von Sinnen!« rief die Prinzessin lebhaft und ließ den Giglio stehen, indem sie sich schnell entfernte.

Dem Giglio war es, als sei er es gar nicht gewesen, der mit der Prinzessin gesprochen, als habe er ganz willenlos das herausgesagt, was er selbst nun nicht einmal verstand; er war nahe daran zu glauben, Signor Pasquale und Meister Bescapi hätten recht, ihn für was weniges verrückt zu halten. Da sich nun aber ein Zug Masken nahte, die in den tollsten Fratzen die mißgeschaffensten Ausgeburten der Phantasie darstellten und er augenblicklich seine Kameraden erkannte, so kam ihm die ausgelassene Lustigkeit wieder. Er mischte sich in den springenden und tanzenden Haufen, indem er laut rief: »Rühre dich, rühre dich, toller Spuk! regt euch, mächtige schälkische Geister des frechsten Spottes! ich bin nun ganz euer, und ihr möget mich ansehen für euresgleichen!«

Giglio glaubte unter seinen Kameraden auch den Alten zu bemerken, aus dessen Flasche Brambillas Gestalt gestiegen. Ehe er sich's versah, wurde er von ihm erfaßt, im Kreise herumgedreht, und dazu kreischte ihm der Alte in die Ohren: »Brüderchen, ich habe dich, Brüderchen, ich habe dich!« –

# Drittes Kapitel

*Von Blondköpfen, die sich erkühnen, den Pulcinell langweilig zu finden und abgeschmackt. – Deutscher und italienischer Spaß – Wie Celionati, im »Caffè greco« sitzend, behauptete, er säße nicht im »Caffè greco«, sondern fabriziere an dem Ufer des Ganges Pariser Rappé. – Wunderbare Geschichte von dem König Ophioch, der im Lande Urdargarten herrschte, und der Königin Liris. – Wie König Cophetua ein Bettelmädchen heiratete, eine vornehme Prinzessin einem schlechten Komödianten nachlief, und Giglio ein hölzernes Schwert ansteckte, dann aber hundert Masken im Korso umrannte, bis er endlich stehenblieb, weil sein Ich zu tanzen begonnen.*

»Ihr Blondköpfe! – Ihr Blauaugen! Ihr jungen stolzen Leute, vor deren ›Guten Abend, mein schönstes Kind!‹ im dröhnenden Baß gesprochen, die keckste Dirne erschrickt, kann denn euer im ewigen Winterfrost erstarrtes Blut wohl auftauen in dem wilden Wehen der Tramontana oder in der Glut eines Liebesliedes? Was prahlt ihr mit eurer gewaltigen Lebenslust, mit euerm frischen Lebensmut, da ihr doch keinen Sinn in euch traget für den tollsten, spaßhaftesten Spaß alles Spaßes, wie ihn unser gesegnetes Karneval in der reichsten Fülle darbietet? – Da ihr es sogar wagt, unsern wackern Pulcinell manchmal langweilig, abgeschmackt zu finden und die ergötzlichsten Mißgeburten, die der lachende Hohn gebar, Erzeugnisse nennt eines wirren Geistes!« – So sprach Celionati in dem »Caffè greco«, wo er sich, wie es seine Gewohnheit war, zur Abendzeit hinbegeben und mitten unter den teutschen Künstlern Platz genommen, die zur selben Stunde dies in der Strada Condotti gelegene Haus zu besuchen pflegten und soeben über die Fratzen des Karnevals eine scharfe Kritik ergehen lassen.

»Wie«, nahm der teutsche Maler Franz Reinhold das Wort, »wie möget Ihr doch nur so sprechen, Meister Celionati! Das stimmt schlecht mit dem überein, was Ihr sonst zugunsten des deutschen Sinns und Wesens behauptet. Wahr ist es, immer habt Ihr uns Deutschen vorgeworfen, daß wir von jedem Scherz verlangten, er solle noch etwas anderes bedeuten als eben den Scherz selbst, und ich will Euch recht geben, wiewohl in ganz anderm Sinn, als Ihr es wohl meinen möget. Gott tröste Euch, wenn Ihr uns etwa die Dummheit zutrauen solltet, die Ironie nur allegorisch gelten zu lassen! Ihr wäret dann in großem Irrtum. Recht gut sehen wir ein, daß bei euch Italienern der reine Scherz als solcher viel mehr zu Hause scheint als bei uns; vermacht' ich aber nur euch recht deutlich zu erklären, welchen Unterschied ich zwischen euerm und unserm Scherz, oder besser gesagt, zwischen eurer und unserer Ironie finde. – Nun, wir sprechen eben von den tollen, fratzenhaften Gestalten, wie sie sich auf dem Korso umhertreiben; da kann ich wenigstens so ungefähr ein Gleichnis anknüpfen. – Seh' ich solch einen tollen Kerl durch greuliche Grimassen das Volk zum Lachen reizen, so kommt es mir vor, als spräche ein ihm sichtbar gewordenes Urbild zu ihm, aber er verstände die Worte nicht und ahme, wie es im Leben zu geschehen pflegt, wenn man sich müht, den Sinn fremder, unverständlicher Rede zu fassen, unwillkürlich die Gesten jenes sprechenden Urbildes nach, wiewohl auf übertriebene Weise, der Mühe halber, die es kostet. Unser Scherz ist die Sprache jenes Urbildes selbst, die aus unserm Innern heraustönt und den Gestus notwendig bedingt durch jenes im Innern liegende Prinzip der Ironie, so wie das in der Tiefe liegende Felsstück den darüber fortströmenden Bach zwingt, auf der Oberfläche kräuselnde Wellen zu schlagen. – Glaubt ja nicht, Meister Celionati, daß ich keinen Sinn habe für das Possenhafte, das eben nur in der äußern Erscheinung liegt und seine Motive nur von außen her erhält, und daß ich Euerm Volk nicht eine überwiegende Kraft einräume, eben dies Possenhafte ins Leben treten zu lassen. Aber verzeiht, Celionati, wenn ich auch dem Possenhaften, soll es geduldet werden, einen Zusatz von Gemütlichkeit für notwendig erkläre, den ich bei Euern komischen Personen vermisse. Das Gemütliche, was unsern Scherz rein erhält, geht unter in dem Prinzip der Obszönität, das Eure Pulcinelle und hundert andere Masken der Art in Bewegung setzt, und dann blickt mitten durch alle Fratzen und Possen jene grauenhafte, entsetzliche Furie der Wut, des Hasses, der Verzweiflung hervor, die Euch zum Wahnsinn, zum Morde treibt. Wenn an jenem Tage des Karnevals, an dem jeder ein Licht trägt und jeder versucht, dem andern das Licht auszublasen, wenn dann im tollsten, ausgelassensten Jubel, im schallendsten Gelächter der ganze Korso erbebt von dem wilden Geschrei: ›Ammazzato sia, chi non porta moccolo‹, glaubt nur, Celionati, daß mich dann in demselben Augenblick, da ich, ganz hingerissen von der wahnsinnigen Lust des Volks, ärger als jeder andere um mich her blase und schreie ›Ammazzato sia!‹ unheimliche Schauer erfassen, vor denen jene Gemütlichkeit, die nun einmal unserm deutschen Sinn eigen, ja gar nicht aufkommen kann.«

»Gemütlichkeit«, sprach Celionati lächelnd, »Gemütlichkeit! – Sagt mir nur, mein gemütlicher Herr Deutscher, was Ihr von unsern Masken des Theaters haltet? – von unserm Pantalon, Brighella, Tartaglia?« –

»Ei«, erwiderte Reinhold, »ich meine, daß diese Masken eine Fundgrube öffnen des ergötzlichsten Spottes, der treffendsten Ironie, der freiesten, beinahe macht' ich sagen, der frechsten Laune, wiewohl ich denke, daß sie mehr die verschiedenen äußern Erscheinungen in der menschlichen Natur als die menschliche Natur selbst, oder kürzer und besser, mehr *die* Menschen als *den* Menschen in Anspruch nehmen. – Übrigens bitte ich Euch, Celionati, mich nicht für toll zu halten, daß ich etwa daran zweifelte, in Eurer Nation mit dem tiefsten Humor begabte Männer zu finden. Die unsichtbare Kirche kennt keinen Unterschied der Nation; sie hat ihre Glieder überall. – Und, Meister Celionati, daß ich es Euch nur sage, mit Euerm ganzen Wesen und Treiben seid Ihr uns schon seit langer Zeit gar absonderlich vorgekommen. Wie Ihr Euch vor dem Volk als der abenteuerlichere Ciarlatano gebärdet, wie Ihr dann Euch wieder in unsrer Gesellschaft gefallt, alles Italische vergessend und ergötzend mit wunderbaren Geschichten, die uns recht tief ins Gemüt dringen, und dann wieder faselnd und fabelnd doch zu verstricken und festzuhalten wißt in seltsamen Zauberbanden. In der Tat, das Volk hat recht, wenn es Euch für einen Hexenmeister ausschreit; ich meinesteils denke bloß, daß Ihr der unsichtbaren Kirche angehört, die sehr wunderliche Glieder zählt, unerachtet alle aus einem Rumpf gewachsen.« –

»Was könnt«, rief Celionati heftig, »was könnt Ihr von mir denken, mein Herr Maler, was könnt Ihr von mir meinen, vermuten, ahnen? – Wißt ihr alle denn so gewiß, daß ich hier unter euch sitze und unnützerweise unnützig Zeug schwatze über Dinge, von denen ihr alle gar nichts versteht, wenn ihr nicht in den hellen Wasserspiegel der Quelle Urdar geschaut, wenn Liris euch nicht angelächelt?«

»Hoho!« riefen alle durcheinander, »nun kommt er auf seine alten Sprünge, auf seine alten Sprünge – Vorwärts, Herr Hexenmeister! – Vorwärts.«

»Ist wohl Verstand in dem Volke?« rief Celionati dazwischen, indem er mit der Faust heftig auf den Tisch schlug, so daß plötzlich alles schwieg.

»Ist wohl Verstand in dem Volke?« fuhr er dann ruhiger fort. »Was Sprünge? was Tänze? Ich frage nur, woher ihr so überzeugt seid, daß ich wirklich hier unter euch sitze und allerlei Gespräche führe, die ihr alle mit leiblichen Ohren zu vernehmen meint, unerachtet euch vielleicht nur ein schälkischer Luftgeist neckt? Wer steht euch dafür, daß *der* Celionati, dem ihr weis machen wollt, die Italiener verstünden sich nicht auf die Ironie, nicht eben jetzt am Ganges spazieren geht und duftige Blumen pflückt, um Pariser Rappé daraus zu bereiten für die Nase irgendeines mystischen Idols? – Oder daß er die finstern schauerlichen Gräber zu Memphis durchwandelt, um den ältesten der Könige anzusprechen um die kleine Zehe seines linken Fußes zum offiziellen Gebrauch der stolzesten Prinzessin auf der Argentina? – Oder daß er mit seinem intimsten Freunde, dem Zauberer Ruffiamonte, im tiefen Gespräch sitzt an der Quelle Urdar? – Doch halt, ich will wirklich so tun, als säße Celionati hier im ›Caffè greco‹, und euch erzählen von dem Könige Ophioch, der Königin Liris und von dem Wasserspiegel der Quelle Urdar, wenn ihr dergleichen hören wollt.«

»Erzählt«, sprach einer der jungen Künstler, »erzählt nur, Celionati; ich merke schon, das wird eine von Euern Geschichten sein, die hinlänglich toll und abenteuerlich, doch ganz angenehm zu hören sind.«

»Daß«, begann Celionati, »daß nur niemand von euch glaubt, ich wolle unsinnige Märchen auftischen, und daran zweifelt, daß sich alles so begeben, wie ich es erzählen werde! Jeder Zweifel wird gehoben sein, wenn ich versichere, daß ich alles aus dem Munde meines Freundes Ruffiamonte habe, der selbst in gewisser Art die Hauptperson der Geschichte ist. Kaum sind es ein paar hundert Jahre her, als wir, gerade die Feuer von Island durchwandelnd und einem von Flut und Glut gebornen Talisman nachforschend, viel von der Quelle Urdar sprachen. Also, Ohren auf, Sinn auf!« –

– Hier mußt du, sehr geneigter Leser, es dir also gefallen lassen, eine Geschichte zu hören, die ganz aus dem Gebiet derjenigen Begebenheiten zu liegen scheint, die ich dir zu erzählen unternommen, mithin als verwerfliche Episode dasteht. Wie es manchmal aber zu geschehen pflegt, daß man, den Weg, der scheinbar irreleitete, rüstig verfolgend, plötzlich zum Ziel gelangt, das man aus den Augen verlor, so möcht' es vielleicht auch sein, daß diese Episode, nur scheinbarer Irrweg, recht hineinleitet in den Kern der Hauptgeschichte. Vernimm also, o mein Leser, die wunderbare

652

# Geschichte

## von dem Könige Ophioch und der Königin Liris

Vor gar langer, langer Zeit, man möchte sagen, in einer Zeit, die so genau auf die Urzeit folgte, wie Aschermittwoch auf Fastnachtsdienstag – herrschte über das Land Urdargarten der junge König Ophioch. – Ich weiß nicht, ob der deutsche Büsching das Land Urdargarten mit einiger geographischer Genauigkeit beschrieben; doch so viel ist gewiß, daß, wie der Zauberer Ruffiamonte mir tausendmal versichert hat, es zu den gesegnetsten Ländern gehörte, die es jemals gab und geben wird. Es hatte so üppigen Wieswachs und Kleebau, daß das leckerste Vieh sich nicht wegsehnte aus dem lieben Vaterlande, ansehnliche Forsten mit Bäumen, Pflanzen, herrlichem Wilde und solch süßen Düften, daß die Morgen- und Abendwinde gar nicht satt wurden, darin herumzukosen. Wein gab es und Öl und Früchte jeder Art in Hülle und Fülle. Silberhelle Wässer durchströmten das ganze Land, Gold und Silber spendeten Berge, die, wie wahrhaft reiche Männer, sich ganz einfach kleideten in ein fahles Dunkelgrau, und wer sich nur ein wenig Mühe gab, scharrte aus dem Sande die schönsten Edelsteine, die er, wollt' er's, verbrauchen konnte zu zierlichen Hemd- oder Westenknöpfen. Fehlte es außer der von Marmor und Alabaster erbauten Residenz an gehörigen Städten von Backstein, so lag dies an dem Mangel der Kultur, der damals die Menschen noch nicht einsehen ließ, daß es doch besser sei, von tüchtigen Mauern geschützt, im Lehnstuhl zu sitzen, als am murmelnden Bach, umgeben von rauschendem Gebüsch in niedriger Hütte zu wohnen und sich der Gefahr auszusetzen, daß dieser oder jener unverschämte Baum sein Laub hineinhänge in die Fenster und, ungebetener Gast, zu allem sein Wörtlein mitrede, oder gar Wein und Efeu den Tapezierer spiele. Kam nun noch hinzu, daß die Bewohner des Landes Urdargarten die vorzüglichsten Patrioten waren, den König, auch wenn er nicht gerade ihnen zu Gesicht kam, ungemein liebten und auch an andern Tagen, als an seinem Geburtstage, riefen: »Er lebe!« so mußte wohl König Ophioch der glücklichste Monarch unter der Sonne sein. – Das hätte er auch wirklich sein können, wenn nicht allein er, sondern gar viele im Lande, die man zu den Weisesten rechnen durfte, von einer gewissen seltsamen Traurigkeit befallen worden wären, die mitten in aller Herrlichkeit keine Lust aufkommen ließ. König Ophioch war ein verständiger Jüngling von guten Einsichten, von hellem Verstande und hatte sogar poetischen Sinn. Dies müßte ganz unglaublich scheinen und unzulässig, würd' es nicht denkbar und entschuldigt der Zeit halber, in der er lebte.

Es mochten wohl noch Anklänge aus jener wunderbaren Vorzeit der höchsten Lust, als die Natur dem Menschen, ihn als ihr liebstes Schoßkind hegend und pflegend, die unmittelbare Anschauung alles Seins und mit derselben das Verständnis des höchsten Ideals, der reinsten Harmonie verstattete, in König Ophiochs Seele widerhallen. Denn oft war es ihm, als sprächen holde Stimmen zu ihm in geheimnisvollem Rauschen des Waldes, im Geflüster der Büsche, der Quellen, als langten aus den goldnen Wolken schimmernde Arme herab, ihn zu erfassen, und ihm schwoll die Brust vor glühender Sehnsucht. Aber dann ging alles unter in wirren wüsten Trümmern, mit eisigen Fittichen wehte ihn der finstre furchtbare Dämon an, der ihn mit der Mutter entzweit, und er sah sich von ihr im Zorn hilflos verlassen. Die Stimme des Waldes, der fernen Berge, die sonst die Sehnsucht weckten und süßes Ahnen vergangener Lust, verklangen im Hohn jenes finstern Dämons. Aber der brennende Gluthauch dieses Hohns entzündete in König Ophiochs Innerm den Wahn, daß des Dämons Stimme die Stimme der zürnenden Mutter sei, die nun feindlich das eigne entartete Kind zu vernichten trachte. –

654

Wie gesagt, manche im Lande begriffen die Melancholie des Königs Ophioch und wurden, sie begreifend, selbst davon erfaßt. Die mehrsten begriffen jene Melancholie aber nicht und vorzüglich nicht im allermindesten der ganze Staatsrat, der zum Wohl des Königreichs gesund blieb.

In diesem gesunden Zustande glaubte der Staatsrat einzusehen, daß den König Ophioch nichts anderes von seinem Tiefsinn retten könne, als wenn ihm ein hübsches, durchaus munteres, vergnügtes Gemahl zuteil würde. Man warf die Augen auf die Prinzessin Liris, die Tochter eines benachbarten Königs. – Prinzessin Liris war in der Tat so schön, als man sich nur irgendeine Königstochter denken mag. Unerachtet alles, was sie umgab, alles, was sie sah, erfuhr, spurlos an ihrem Geiste vorüberging, so lachte sie doch beständig, und da man im Lande Hirdargarten (so war das Land ihres Vaters geheißen) ebensowenig einen Grund dieser Lustigkeit anzugeben wußte, als im Lande Urdargarten den Grund von König Ophiochs Traurigkeit, so schienen schon deshalb beide königliche Seelen für einander geschaffen. Übrigens war der Prinzessin einzige Lust, die sich wirklich als Lust gestaltete, Filet zu machen, von ihren Hofdamen umgeben, die gleichfalls Filet machen mußten, sowie König Ophioch nur daran Vergnügen zu finden schien, in tiefer Einsamkeit den Tieren des Waldes nachzustellen. – König Ophioch hatte wider die ihm zugedachte Gemahlin nicht das mindeste einzuwenden; ihm erschien die ganze Heirat als ein gleichgültiges Staatsgeschäft, dessen Besorgung er den Ministern überließ, die sich so eifrig darum bemüht.

Das Beilager wurde bald mit aller nur möglichen Pracht vollzogen. Alles ging sehr herrlich und glücklich von statten bis auf den kleinen Unfall, daß der Hofpoet, welchem König Ophioch das Hochzeitskarmen, das er ihm überreichen wollte, an den Kopf warf, vor Schreck und Zorn auf der Stelle in unglücklichen Wahnsinn verfiel und sich einbildete, er sei ein poetisches Gemüt, welches ihn denn verhinderte, forthin zu dichten, und untauglich machte, zum ferneren Dienst als Hofpoet.

Wochen und Monde vergingen; doch keine Spur geänderter Seelenstimmung zeigte sich bei König Ophioch. Die Minister, denen die lachende Königin ungemein wohlgefiel, trösteten aber immer noch das Volk und sich selbst und sprachen: »Es wird schon kommen!«

Es kam aber nicht; denn König Ophioch wurde mit jedem Tage noch ernster und trauriger, als er gewesen, und, was das Ärgste war, ein tiefer Widerwille gegen die lachende Königin keimte auf in seinem Innern, welches diese indessen gar nicht zu bemerken schien, wie denn überhaupt niemals zu ergründen war, ob sie noch irgend etwas in der Welt bemerkte außer den Maschen des Filets.

Es begab sich, daß König Ophioch eines Tages auf der Jagd in den rauhen verwilderten Teil des Waldes geriet, wo ein Turm von schwarzem Gestein, uralt wie die Schöpfung, als sei er emporgewachsen aus dem Felsen, hoch emporragte in die Luft. Ein dumpfes Brausen ging durch die Gipfel der Bäume, und aus dem tiefen Steingeklüft antworteten heulende Stimmen des herzzerschneidenden Jammers. König Ophiochs Brust wurde an diesem schauerlichen Ort bewegt auf wunderbare Weise. Es war ihm aber, als leuchte in jenen entsetzlichen Lauten des tiefsten Wehs ein Hoffnungsschimmer der Versöhnung auf, und nicht mehr den höhnenden Zorn, nein! nur die rührende Klage der Mutter um das verlorne entartete Kind vernehme er, und diese Klage bringe ihm den Trost, daß

die Mutter nicht ewig zürnen werde.

Als König Ophioch nun so ganz in sich verloren dastand, brauste ein Adler auf und schwebte über der Zinne des Turms. Unwillkürlich ergriff König Ophioch sein Geschoß und drückte den Pfeil ab nach dem Adler; statt aber diesen zu treffen, blieb der Pfeil stecken in der Brust eines alten ehrwürdigen Mannes, den nun erst König Ophioch auf der Zinne des Turms gewahrte. Entsetzen faßte den König Ophioch, als er sich besann, daß der Turm die Sternwarte sei, welche, wie die Sage ging, sonst die alten Könige des Landes in geheimnisvollen Nächten bestiegen und, geweihte Mittler zwischen dem Volk und der Herrscherin alles Seins, den Willen, die Sprüche der Mächtigen dem Volk verkündet hatten. Er wurde inne, daß er sich an dem Orte befand, den jeder sorglich mied, weil es hieß, der alte Magus Hermod stehe, in tausendjährigem Schlaf versunken, auf der Zinne des Turms, und würde er geweckt aus dem Schlafe, so gäre der Zorn der Elemente auf, sie träten kämpfend gegeneinander, und alles müsse untergehen in diesem Kampf.

Ganz betrübt wollte König Ophioch niedersinken; da fühlte er sich sanft berührt, der Magus Hermod stand vor ihm mit dem Pfeil in der Hand, der seine Brust getroffen, und sprach, indem ein mildes Lächeln die ernsten ehrwürdigen Züge seines Antlitzes erheiterte: »Du hast mich aus einem langen Seherschlaf geweckt, König Ophioch! Habe Dank dafür! denn es geschah zur rechten Stunde. Es ist nun an der Zeit, daß ich nach Atlantis wandle und aus der Hand der hohen mächtigen Königin das Geschenk empfange, das sie zum Zeichen der Versöhnung mir versprach, und das dem Schmerz, der deine Brust, o König Ophioch, zerreißt, den vernichtenden Stachel rauben wird. – Der Gedanke zerstörte die Anschauung, aber dem Prisma des Kristalls, zu dem die feurige Flut im Vermählungskampf mit dem feindlichen Gift gerann, entstrahlt die Anschauung neugeboren, selbst Fötus des Gedankens! – Lebe wohl, König Ophioch! in dreizehnmal dreizehn Monden siehst du mich wieder, ich bringe dir die schönste Gabe der versöhnten Mutter, die deinen Schmerz auflöst in höchste Lust, vor der der Eiskerker zerschmilzt, in dem dein Gemahl, die Königin Liris, der feindlichste aller Dämonen so lange gefangen hielt. – Lebe wohl, König Ophioch!« –

Mit diesen geheimnisvollen Worten verließ der alte Magus den jungen König, in der Tiefe des Waldes verschwindend.

War König Ophioch vorher traurig und tiefsinnig gewesen, so wurde er es jetzt noch viel mehr. Fest in seiner Seele waren die Worte des alten Hermod geblieben; er wiederholte sie dem Hofastrologen, der den ihm unverständlichen Sinn deuten sollte. Der Hofastrolog erklärte indessen, es sei gar kein Sinn darin enthalten; denn es gebe gar kein Prisma und auch kein Kristall, wenigstens könne solches, wie jeder Apotheker wisse, nicht aus feuriger Flut und feindlichem Gift entstehen, und was ferner von Gedanke und neugeborner Anschauung in Hermods wirrer Rede vorkomme, müsse schon deshalb unverständlich bleiben, weil kein Astrolog oder Philosoph von einiger honetter Bildung sich auf die bedeutungslose Sprache des rohen Zeitalters einlassen könne, dem der Magus Hermod angehöre. König Ophioch war mit dieser Ausrede nicht allein ganz und gar nicht zufrieden, sondern fuhr den Astrolog überdies im großen Zorn gar hart an, und es war gut, daß er gerade nichts zur Hand hatte, um es, wie jenes Karmen dem Hofdichter, dem unglücklichen Hofastrologen an den Kopf zu werfen. Ruffiamonte behauptet, daß, stehe auch in der Chronik nichts davon, es doch nach der Volkssage in Urdargarten gewiß sei, daß König Ophioch bei dieser Gelegenheit den Hofastrologen einen – Esel geheißen. – Da nun dem jungen tiefsinnigen Könige jene mystischen Worte des Magus Hermod gar nicht aus der Seele kamen, so beschloß er endlich, koste es, was es wolle, die Bedeutung davon selbst

658

aufzufinden. Auf eine schwarze Marmortafel ließ er daher mit goldnen Buchstaben die Worte setzen: »Der Gedanke zerstörte die Anschauung« – und wie der Magus weitergesprochen, und die Tafel in die Mauer eines entlegenen düstern Saals in seinem Palast einfügen. Vor diese Tafel setzte er sich dann hin auf ein weichgepolstertes Ruhbett, stützte den Kopf in die Hand und überließ sich, die Inschrift betrachtend, tiefem Nachdenken.

Es geschah, daß die Königin Liris ganz zufällig in den Saal geriet, in dem sich König Ophioch befand nebst der Inschrift. Unerachtet sie aber ihrer Gewohnheit gemäß so laut lachte, daß die Wände dröhnten, so schien der König die teure muntre Gemahlin doch ganz und gar nicht zu bemerken. Er wandte den starren Blick nicht ab von der schwarzen Marmortafel. Endlich richtete Königin Liris auch ihren Blick dahin. Kaum hatte sie indessen die geheimnisvollen Worte gelesen, als ihre Lache verstummte und sie schweigend neben dem Könige hinsank auf die Polster. Nachdem beide, König Ophioch und Königin Liris, eine geraume Zeit hindurch die Inschrift angestarrt hatten, begannen sie stark und immer stärker zu gähnen, schlossen die Augen und sanken in einen solchen festen Todesschlaf, daß keine menschliche Kunst sie daraus zu erwecken vermochte. Man hätte sie für tot gehalten und mit den im Lande Urdargarten üblichen Zeremonien in die königliche Gruft gebracht, wären nicht leise Atemzüge, der schlagende Puls, die Farbe des Gesichts untrügliche Kennzeichen des fortdauernden Lebens gewesen. Da es nun überdies an Nachkommenschaft zurzeit noch fehlte, so beschloß der Staatsrat zu regieren statt des schlummernden Königs Ophioch und wußte dies so geschickt anzufangen, daß niemand die Lethargie des Monarchen auch nur ahnte. – Dreizehnmal dreizehn Monden waren verflossen nach dem Tage, als König Ophioch die wichtige Unterredung mit dem Magus Hermod gehabt hatte; da ging den Einwohnern des Landes Urdargarten ein 659 Schauspiel auf, so herrlich, als sie noch niemals eins gesehen.

Der große Magus Hermod zog herbei auf einer feurigen Wolke, umgeben von Elementargeistern jedes Geschlechts, und ließ sich, während in den Lüften aller Wohllaut der ganzen Natur in geheimnisvollen Akkorden ertönte, herab auf den buntgewirkten Teppich einer schönen duftigen Wiese. Über seinem Haupte schien ein leuchtendes Gestirn zu schweben, dessen Feuerglanz das Auge nicht zu ertragen vermochte. Das war aber ein Prisma von schimmerndem Kristall, welches nun, da es der Magus hoch in die Lüfte erhob, in blitzenden Tropfen zerfloß in die Erde hinein, um augenblicklich als die herrlichste Silberquelle in fröhlichem Rauschen emporzusprudeln.

Nun rührte sich alles um den Magus her. Während die Erdgeister in die Tiefe fuhren und blinkende Metallblumen emporwarfen, wogten die Feuer- und Wassergeister in mächtigen Strahlen ihrer Elemente, sausten und brausten die Luftgeister durcheinander, wie in lustigem Turnier kämpfend und ringend. Der Magus stieg wieder auf und breitete seinen weiten Mantel aus; da verhüllte alles ein dichter aufsteigender Duft, und als der zerflossen, hatte sich auf dem Kampfplatz der Geister ein herrlicher himmelsklarer Wasserspiegel gebildet, den blinkendes Gestein, wunderbare Kräuter und Blumen einschlossen, und in dessen Mitte die Quelle fröhlich sprudelte und wie in schalkhafter Neckerei die kräuselnden Wellen ringsumher forttrieb.

In demselben Augenblick, als das geheimnisvolle Prisma des Magus Hermod zur Quelle zerfloß, war das Königspaar aus seinem langen Zauberschlafe erwacht. Beide, König Ophioch und Königin Liris, eilten, von unwiderstehlicher Begier getrieben, schnell herbei. Sie waren die ersten, die hineinschauten in das Wasser. Als sie nun aber in der unendlichen Tiefe den blauen glänzenden Himmel, die Büsche, die Bäume, die Blumen, die ganze Natur, ihr eignes Ich in verkehrter Abspiegelung erschauten, 660 da war es, als rollten dunkle Schleier auf, eine neue herrliche Welt voll Leben und Lust wurde klar vor ihren Augen, und mit der Erkenntnis dieser Welt entzündete sich ein Entzücken in ihrem Innern, das sie nie gekannt, nie geahnet. Lange hatten sie hineingeschaut, dann erhoben sie sich, sahen einander an und – lachten, muß man nämlich den physischen

Ausdruck des innigsten Wohlbehagens nicht sowohl, als der Freude über den Sieg innerer geistiger Kraft Lachen nennen. – Hätte nicht schon die Verklärung, die auf dem Antlitz der Königin Liris lag und den schönen Zügen desselben erst wahres Leben, wahrhaften Himmelsreiz verlieh, von ihrer gänzlichen Sinnesänderung gezeugt, so hätte das jeder schon aus der Art abnehmen müssen, wie sie lachte. Denn so himmelweit war dieses Lachen von dem Gelächter verschieden, womit sie sonst den König quälte, daß viele gescheite Leute behaupteten, sie sei es gar nicht, die da lache, sondern ein anderes in ihrem Innern verstecktes wunderbares Wesen. Mit König Ophiochs Lachen hatte es dieselbe Bewandtnis. Als beide nun auf solch eigne Weise gelacht, riefen sie beinahe zu gleicher Zeit: »O! – wir lagen in öder unwirtbarer Fremde in schweren Träumen und sind erwacht in der Heimat – nun erkennen wir uns in uns selbst und sind nicht mehr verwaiste Kinder!« – dann aber fielen sie sich mit dem Ausdruck der innigsten Liebe an die Brust. – Während dieser Umarmung schauten alle, die sich nur hinandrängen konnten, in das Wasser; die, welche von des Königs Traurigkeit angesteckt worden waren und in den Wasserspiegel schauten, spürten dieselben Wirkungen, wie das königliche Paar; diejenigen, die schon sonst lustig gewesen, blieben aber ganz in vorigem Zustande. Viele Ärzte fanden das Wasser gemein, ohne mineralischen Zusatz, sowie manche Philosophen das Hineinschauen in den Wasserspiegel gänzlich widerrieten, weil der Mensch, wenn er sich und

die Welt verkehrt erblicke, leicht schwindlicht werde. Es gab sogar einige von der gebildetsten Klasse des Reichs, welche behaupteten, es gebe gar keine Urdarquelle – – Urdarquelle wurde nämlich von König und Volk sogleich das herrliche Wasser genannt, das aus Hermods geheimnisvollem Prisma entstanden. – Der König Ophioch und die Königin Liris, beide sanken dem großen Magus Hermod, der ihnen Glück und Heil gebracht, zu Füßen und dankten ihm in den schönsten Worten und Redensarten, die sie nur eben zur Hand hatten. Der Magus Hermod hob sie mit sittigem Anstand auf, drückte erst die Königin, hierauf den König an seine Brust und versprach, da ihm das Wohl des Landes Urdargarten sehr am Herzen liege, sich zuweilen in vorkommenden kritischen Fällen auf der Sternwarte blicken zu lassen. König Ophioch wollte ihm durchaus die würdige Hand küssen; das litt er aber durchaus nicht, sondern erhob sich augenblicklich in die Lüfte. Von oben herab rief er noch mit einer Stimme, welche erklang wie stark angeschlagene Metallglocken, die Worte herab:

»Der Gedanke zerstört die Anschauung, und losgerissen von der Mutter Brust wankt in irrem Wahn, in blinder Betäubtheit der Mensch heimatlos umher, bis des Gedankens eignes Spiegelbild dem Gedanken selbst die Erkenntnis schafft, daß er ist, und daß er in dem tiefsten, reichsten Schacht, den ihm die mütterliche Königin geöffnet, als Herrscher gebietet, muß er auch als Vasall gehorchen.«

*Ende der Geschichte*
*von dem Könige Ophioch und der Königin Liris*

Celionati schwieg, und die Jünglinge blieben auch im Schweigen der Betrachtung versunken, zu der sie das Märlein des alten Ciarlatano, das sie sich ganz anders gedacht hatten, aufgeregt.

»Meister Celionati«, unterbrach endlich Franz Reinhold die Stille, »Meister Celionati, Euer Märlein schmeckt nach der Edda, nach der Voluspa, nach der Somskritt, und was weiß ich, nach welchen andern alten mythischen Büchern; aber hab' ich Euch recht verstanden, so ist die Urdarquelle, womit die Bewohner des Landes Urdargarten beglückt wurden, nichts anders, als was wir Deutschen Humor nennen, die wunderbare, aus der tiefsten Anschauung der Natur geborne Kraft des Gedankens, seinen eignen ironischen Doppeltgänger zu machen, an dessen seltsamlichen Faxen er die seinigen und – ich will das freche Wort beibehalten – die Faxen des ganzen Seins hienieden erkennt und sich daran ergötzt. – Doch in der Tat, Meister Celionati, durch Euern Mythos habt Ihr gezeigt, daß Ihr Euch noch auf andern Spaß versteht als auf den Eures Karnevals; ich rechne Euch von nun an zur unsichtbaren Kirche und beuge meine Knie vor Euch, wie König Ophioch vor dem großen Magus Hermod; denn auch Ihr seid ein gewaltiger Hexenmeister.«

»Was«, rief Celionati, »was sprecht Ihr denn von Märchen, von Mythos? Hab' ich Euch denn was anderes erzählt, was anderes erzählen wollen als eine hübsche Geschichte aus dem Leben meines Freundes Ruffiamonte? – Ihr müßt wissen, daß dieser, mein Intimus, eben der große Magus Hermod ist, der den König Ophioch von seiner Traurigkeit herstellte. Wollt Ihr mir nichts glauben, so könnt Ihr ihn selbst fragen nach allem; denn er befindet sich hier und wohnt im Palast Pistoja.« – Kaum hatte Celionati den Palast Pistoja genannt, als alle sich des abenteuerlichsten aller Maskenzüge, der vor wenigen Tagen in jenen Palast eingezogen, erinnerten und den seltsamlichen Ciarlatano mit hundert Fragen bestürmten, was es damit für eine Bewandtnis habe, indem sie voraussetzten, daß er, selbst ein Abenteurer, von dem Abenteuerlichen, wie es sich in dem Zuge gestaltet, besser unterrichtet sein müsse als jeder andere.

663
»Ganz gewiß«, rief Reinhold lachend, »ganz gewiß war der hübsche Alte, der in der Tulpe den Wissenschaften oblag, Euer Intimus, der große Magus Hermod oder der Schwarzkünstler Ruffiamonte?«

»Es ist«, erwiderte Celionati gelassen, »es ist dem so, mein guter Sohn! Übrigens mag es aber noch nicht an der Zeit sein, viel von dem zu sprechen, was in dem Palast Pistoja hauset – Nun! – wenn König Cophetua ein Bettlermädchen heiratete, so kann ja auch wohl die große mächtige Prinzessin Brambilla einem schlechten Komödianten nachlaufen.« – Damit verließ Celionati das Kaffeehaus, und niemand wußte oder ahnte, was er mit den letzten Worten hatte sagen wollen; da dies aber sehr oft mit den Reden Celionatis der Fall war, so gab sich auch keiner sonderliche Mühe, darüber weiter nachzudenken. – Während sich dies auf dem »Caffè greco« begab, schwärmte Giglio in seiner tollen Maske den Korso auf und ab. Er hatte nicht unterlassen, so wie es Prinzessin Brambilla verlangt, einen Hut aufzusetzen, der mit hoch emporragender Krempe einer sonderbaren Sturmhaube glich, und sich mit einem breiten hölzernen Schwert zu bewaffnen. Sein ganzes Innres war erfüllt von der Dame seines Herzens; aber selbst wußte er nicht, wie es geschehen konnte, daß es nun ihm gar nicht als etwas Besonderes, als ein träumerisches Glück vorkam, die Liebe der Prinzessin zu gewinnen, daß er im frechen Übermut an die Notwendigkeit glaubte, daß sie sein werden müsse, weil sie gar nicht anders könne. Und dieser Gedanke entzündete in ihm eine tolle Lustigkeit, die sich Luft machte in den übertriebensten Grimassen, und vor der ihm selbst im Innersten graute.

Prinzessin Brambilla ließ sich nirgends sehen; aber Giglio schrie ganz außer sich: »Prinzessin – Täubchen – Herzkind – ich finde dich doch, ich finde dich doch!« und rannte wie wahnsinnig hundert Masken um und um, bis ein tanzendes Paar ihm in die Augen fiel und seine ganze Aufmerksamkeit fesselte.

664
Ein possierlicher Kerl, bis auf die geringste Kleinigkeit gekleidet wie Giglio, ja, was Größe, Stellung u. s. betrifft, sein zweites Ich, tanzte nämlich, Chitarre spielend, mit einem sehr zierlich gekleideten Frauenzimmer, welche Kastagnetten schlug. Versteinerte den Giglio der Anblick seines tanzenden Ichs, so glühte ihm wieder die Brust auf, wenn er das Mädchen betrachtete. Er glaubte nie so viel Anmut und Schönheit gesehen

zu haben; jede ihrer Bewegungen verriet die Begeisterung einer ganz besonderen Lust, und eben diese Begeisterung war es, die selbst der wilden Ausgelassenheit des Tanzes einen unnennbaren Reiz verlieh.

Nicht zu leugnen war es, daß sich eben durch den tollen Kontrast des tanzenden Paars eine Skurrilität erzeugte, die jeden mitten in anbetender Bewunderung des holden Mädchens zum Lachen reizen mußte; aber eben dies aus den widersprechendsten Elementen gemischte Gefühl war es, in dem jene Begeisterung einer fremden unnennbaren Lust, von der die Tänzerin und auch der possierliche Kerl ergriffen, auflebte im eignen Innern. Dem Giglio wollte eine Ahnung aufsteigen, wer die Tänzerin sein könne, als eine Maske neben ihm sprach: »Das ist die Prinzessin Brambilla, welche mit ihrem Geliebten, dem assyrischen Prinzen Cornelio Chiapperi, tanzt!« –

665

# Viertes Kapitel

*Von der nützlichen Erfindung des Schlafs und des Traums, und was Sancho Pansa darüber denkt. – Wie ein württembergischer Beamter die Treppe hinabfiel und Giglio sein Ich nicht durchschauen konnte. Rhetorische Ofenschirme, doppelter Gallimathias und der weiße Mohr. – Wie der alte Fürst Bastianelli di Pistoja Apfelsinenkerne in dem Korso aussäete und die Masken in Schutz nahm. Der beau jour häßlicher Mädchen. – Nachrichten von der berühmten Schwarzkünstlerin Circe, welche Bandschleifen nestelt, sowie von dem artigen Schlangenkraut, das im blühenden Arkadien wächst. – Wie sich Giglio aus purer Verzweiflung erdolchte, hierauf an den Tisch setzte, ohne Zwang zugriff, dann aber der Prinzessin eine gute Nacht wünschte.*

Es darf dir, vielgeliebter Leser, nicht befremdlich erscheinen, wenn in einem Ding, das sich zwar Capriccio nennt, das aber einem Märchen so auf ein Haar gleicht, als sei es selbst eins, viel vorkommt von seltsamem Spuk, von träumerischem Wahn, wie ihn der menschliche Geist wohl hegt und pflegt, oder besser, wenn der Schauplatz manchmal in das eigne Innere der auftretenden Gestalten verlegt wird. – Möchte das aber nicht eben der rechte Schauplatz sein? – Vielleicht bist du, o mein Leser, auch so wie ich, des Sinnes, daß der menschliche Geist selbst das Wunderbarste Märchen ist, das es nur geben kann. – Welch eine herrliche Welt liegt in unserer Brust verschlossen! Kein Sonnenkreis engt sie ein, der ganzen sichtbaren Schöpfung unerforschlichen Reichtum überwiegen ihre Schätze! – Wie so tot, so bettelarm, so maulwurfsblind wär' unser Leben, hätte der Weltgeist uns Söldlinge der Natur nicht ausgestattet mit jener unversieglichen Diamantgrube in unserm Innern, aus der uns in Schimmer und Glanz das wunderbare Reich aufstrahlt, das unser Eigentum geworden! Hochbegabt die, die sich dieses Eigentums recht bewußt! Noch hochbegabter und selig zu preisen die, die ihres innern Perus Edelsteine nicht allein zu erschauen, sondern auch heraufzubringen, zu schleifen und ihnen prächtigeres Feuer zu entlocken verstehen. – Nun! – Sancho meinte, Gott solle den ehren, der den Schlaf erfunden, es müsse ein gescheiter Kerl gewesen sein; noch mehr mag aber wohl der geehrt werden, der den Traum erfand. Nicht *den* Traum, der aus unserm Innern nur dann aufsteigt, wenn wir unter des Schlafes weicher Decke liegen – nein! – *den* Traum, den wir durch das ganze Leben fortträumen, der oft die drückende Last des Irdischen auf seine Schwingen nimmt, vor dem jeder bittre Schmerz, jede trostlose Klage getäuschter Hoffnung verstummt, da er selbst, Strahl des Himmels in unserer Brust, entglommen, mit der unendlichen Sehnsucht die Erfüllung verheißt. –

Diese Gedanken kamen dem, der es unternommen, für dich, sehr geliebter Leser, das seltsame Capriccio von der Prinzessin Brambilla aufzustellen, in dem Augenblick zu Sinn, als er darangehen wollte, den merkwürdigen Gemütszustand zu beschreiben, in den der verkappte Giglio Fava geriet, als ihm die Worte zugeflüstert wurden: »Das ist die Prinzessin Brambilla, die mit ihrem Geliebten, dem assyrischen Prinzen Cornelio Chiapperi, tanzt!« – Selten vermögen Autoren es über sich, dem Leser zu verschweigen, was sie bei diesem oder jenem Stadium, in das ihre Helden treten, denken; sie machen gar zu gern den Chorus ihres eignen Buchs und nennen Reflektion alles das, was zwar nicht zur Geschichte nötig, aber doch als ein angenehmer Schnörkel dastehen kann. Als angenehmer Schnörkel mögen daher auch die Gedanken gelten, womit dieses Kapitel begann; denn in der Tat, sie waren zur Geschichte ebensowenig nötig als zur Schilderung von Giglios Gemütszustand, der gar nicht so seltsam und ungewöhnlich war, als man es nach dem Anlauf, den der Autor genommen, wohl denken sollte. – Kurz! – es geschah dem Giglio Fava, als er jene Worte vernahm, nichts weiter, als daß er sich augenblicklich selbst für den assyrischen Cornelio Chiapperi hielt, der mit der Prinzessin Brambilla tanze. Jeder tüchtige Philosoph von einiger faustgerechter Erfahrung wird dies so leicht ganz und gar erklären können, daß Quintaner das Experiment des innern Geistes verstehen müssen. Besagter Psycholog wird nämlich nichts Besseres tun, als aus Mauchardts »Repertorium der empirischen Psychologie« den württembergischen Beamten anführen können, der in der Trunkenheit die Treppe hinabstürzte und dann seinen Schreiber, der ihn geleitete, sehr bedauerte, daß er so hart gefallen. »Nach allem«, fährt der Psycholog dann fort, »was wir bis jetzt von dem Giglio Fava vernommen, leidet derselbe an einem Zustande, der dem des Rausches völlig zu vergleichen, gewissermaßen an einer geistigen Trunkenheit, erzeugt durch die nervenreizende Kraft gewisser exzentrischer Vorstellungen von seinem Ich, und da nun vorzüglich Schauspieler sehr geneigt sind, sich auf diese Art zu berauschen, so – u.s.w.«

Also für den assyrischen Prinzen Cornelio Chiapperi hielt sich Giglio; und war dies eben auch nichts Besonderes, so möchte doch schwerer zu erklären sein, woher die seltene, nie empfundene Lust kam, die mit flammender Glut sein ganzes Inneres durchdrang. Stärker und stärker schlug er die Saiten der Chitarre, toller und ausgelassener wurden die Grimassen, die Sprünge des wilden Tanzes. Aber sein Ich stand ihm gegenüber und führte, ebenso tanzend und springend, ebensolche Fratzen schneidend als er, mit dem breiten hölzernen Schwert Streiche nach ihm durch die Luft. – Brambilla war verschwunden! – »Hoho«, dachte Giglio, »nur mein Ich ist schuld daran, daß ich meine Braut, die Prinzessin, nicht sehe; ich kann mein Ich nicht durchschauen, und mein verdammtes Ich will mir zu Leibe mit gefährlicher Waffe, aber ich spiele und tanze es zu Tod, und dann bin ich erst ich, und die Prinzessin ist mein!« –

Während dieser etwas konfuser Gedanken wurden Giglios Sprünge immer unerhörter, aber in dem Augenblick traf des Ichs hölzernes Schwert die Chitarre so hart, daß sie in tausend Stücke zersprang und Giglio rücklings über sehr unsanft zu Boden fiel. Das brüllende Gelächter des Volks, das die Tanzenden umringt hatte, weckte den Giglio aus seiner Träumerei. Bei dem Sturz war ihm Brille und Maske entfallen, man erkannte ihn, und hundert Stimmen riefen: »Bravo, bravissimo, Signor Giglio!« – Giglio raffte sich auf und eilte, da ihm plötzlich es einkam, daß es für einen tragischen Schauspieler höchst unschicklich, dem Volk ein groteskes Schauspiel gegeben zu haben, schnell von dannen. In seiner Wohnung angekommen, warf er die tolle Maske ab, hüllte sich in einen Tabarro und kehrte zurück nach dem Korso.

Im Hin- und Herwandern geriet er endlich vor den Palast Pistoja, und hier fühlte er sich plötzlich von hinten umfaßt, und eine Stimme flüsterte ihm zu: »Täuscht mich nicht Gang und Stellung, so seid Ihr es, mein werter Signor Giglio Fava?«

Giglio erkannte den Abbate Antonio Chiari. Bei des Abbate Anblick ging ihm plötzlich die ganze schöne frühere Zeit auf, als er noch tragische Helden spielte und dann, nachdem er sich des Kothurns entledigt, die enge Treppe hinaufschlich zur lieblichen Giacinta. Der Abbate Chiari (vielleicht ein Vorfahr des berühmten Chiari, der in Fehde trat mit dem Grafen Gozzi und die Waffen strecken mußte) hatte von Jugend auf mit nicht geringer Mühe Geist und Finger dazu abgerichtet, Trauerspiele zu verfertigen, die, was die Erfindung, enorm, was die Ausführung betrifft, aber höchst angenehm und lieblich waren. Er vermied sorglich irgendeine

entsetzliche Begebenheit anders, als unter mild vermittelnden Umständen
vor den Augen der Zuschauer sich wirklich zutragen zu lassen, und alle
Schauer irgendeiner gräßlichen Tat wickelte er in den zähen Kleister so
vieler schönen Worte und Redensarten ein, daß die Zuhörer ohne
Schauer die süße Pappe zu sich nahmen und den bittern Kern nicht
herausschmeckten. Selbst die Flammen der Hölle wußte er nützlich anzu-
wenden zum freundlichen Transparent, indem er den ölgetränkten
Ofenschirm seiner Rhetorik davorstellte, und in die rauchenden Wellen
des Acheron goß er das Rosenwasser seiner martellianischen Verse, damit
der Höllenfluß sanft und fein flute und ein Dichterfluß werde. – So was
gefällt vielen, und kein Wunder daher, daß der Abbate Antonio Chiari
ein beliebter Dichter zu nennen war. Hatte er nun noch dazu ein besonderes Geschick, sogenannte dankbare Rollen zu schreiben, so könnt' es
gar nicht fehlen, daß der dichterische Abbate auch der Abgott der
Schauspieler wurde. – Irgendein geistreicher französischer Dichter sagt,
es gebe zwei Arten von Gallimathias, einen solchen, den Leser und Zuhörer nicht verständen, einen zweiten höhern, den der Schöpfer (Dichter
oder Schriftsteller) selbst nicht verstände. Von dieser letztern sublimern
Art ist der dramatische Gallimathias, aus dem mehrenteils die sogenannten
dankbaren Rollen im Trauerspiel bestehen. – Reden voll hochtönender
Worte, die weder der Zuhörer noch der Schauspieler versteht, und die
der Dichter selbst nicht verstanden hat, werden am mehrsten beklatscht.
Solchen Gallimathias zu machen, darauf verstand sich der Abbate Chiari
vortrefflich, sowie Giglio Fava eine besondere Stärke besaß, ihn zu sprechen und dabei solche Gesichter zu schneiden und solch fürchterlich
verrückte Stellungen anzunehmen, daß die Zuschauer schon deshalb
aufschrien in tragischem Entzücken. Beide, Giglio und Chiari, standen
hiernach in höchst angenehmer Wechselwirkung und ehrten sich über
alle Maßen – es konnte gar nicht anders sein.

»Gut«, sprach der Abbate, »gut, daß ich Euch endlich treffe, Signor
Giglio! Nun kann ich von Euch selbst alles erfahren, was man mir hin
und wieder von Euerm Tun und Treiben zugebröckelt hat, und das hinlänglich toll und albern ist. – Sagt, man hat Euch übel mitgespielt, nicht
wahr? Der Esel von Impresario jagte Euch vom Theater weg, weil er die
Begeisterung, in die Euch meine Trauerspiele setzten, für Wahnsinn hielt,
weil Ihr nichts anders mehr sprechen wolltet als meine Verse? – Es ist
arg – Ihr wißt es, der Unsinnige hat das Trauerspiel ganz aufgegeben
und läßt nichts anders auf seiner Bühne darstellen als die albernen Mas-

kenpantomimen, die mir in den Tod zuwider sind. – Keines meiner Trauerspiele mag daher der einfältigste aller Impresarios mehr annehmen, unerachtet ich Euch, Signor Giglio, als ehrlicher Mann versichern darf, daß es mir in meinen besten Arbeiten gelungen ist, den Italienern zu zeigen, was eigentlich ein Trauerspiel heißt. Was die alten Tragiker betrifft, ich meine den Äschylos, Sophokles u.a., Ihr werdet von ihnen gehört haben, so versteht es sich von selbst, daß ihr schroffes, hartes Wesen völlig unästhetisch ist und sich nur durch die damalige Kindheit der Kunst entschuldigen läßt, für uns aber völlig unverdaulich bleibt. Von Trissino ›Sophonisbe‹, Speroni ›Canace‹, den aus Unverstand als hohe Meisterwerke ausgeschrienen Produkten unserer älteren Dichterperiode, wird aber auch wohl nicht mehr die Rede sein, wenn meine Stücke das Volk über die Stärke, die hinreißende Kraft des wahrhaft Tragischen, das durch den Ausdruck erzeugt wird, belehrt haben werden. – Es ist nur in dem Augenblick fatal, daß kein einziges Theater meine Stücke aufführen will, seitdem Euer vormaliger Impresario, der Bösewicht, umgesattelt hat. – Aber wartet, il trotto d'asino dura poco. Bald wird Euer Impresario auf die Nase fallen samt seinem Arlecchino und Pantalon und Brighella, und wie die schnöden Ausgeburten eines niederträchtigen Wahnwitzes alle heißen mögen, und dann – Fürwahr, Signor Giglio, Euer Abgang vom

Theater hat mir einen Dolchstoß ins Herz gegeben; denn kein Schauspieler auf Erden hat es im Auffassen meiner ganz originellen unerhörten Gedanken so weit gebracht, als Ihr – Doch laßt uns fort aus diesem wüsten Gedränge, das mich betäubt! Kommt mit mir in meine Wohnung! Dort les' ich Euch mein neuestes Trauerspiel vor, das Euch in das größte Erstaunen setzen wird, das Ihr jemals empfunden. – Ich hab' es ›Il Moro bianco‹ betitelt. Stoßt Euch nicht an die Seltsamkeit des Namens! Er entspricht dem Außerordentlichen, dem Unerhörten des Stücks ganz und gar.« –

Mit jedem Worte des geschwätzigen Abbate fühlte sich Giglio mehr aus dem gespannten Zustande gerissen, in dem er sich befunden. Sein ganzes Herz ging auf in Freude, wenn er sich wieder dachte als tragischen Helden, die unvergleichlichen Verse des Herrn Abbate Antonio Chiari deklamierend. Er fragte den Dichter sehr angelegentlich, ob in dem ›Moro bianco‹ auch eine recht schöne dankbare Rolle enthalten, die er spielen könne. »Hab' ich«, erwiderte der Abbate in voller Hitze, »hab' ich jemals in irgend einem Trauerspiel andere Rollen gedichtet als dankbare? – Es ist ein Unglück, daß meine Stücke nicht bis auf die

kleinste Rolle von lauter Meistern dargestellt werden können. In dem
›Moro bianco‹ kommt ein Sklave vor, und zwar erst bei dem Beginn der
Katastrophe, der die Verse spricht:

›Ah! giorno di dolori! crudel inganno!
Ah signore infelice, la tua morte
mi fa piangere e subito partire!‹ –

dann aber wirklich schnell abgeht und nicht wieder erscheint. Die Rolle
ist von geringerm Umfang, ich gestehe es; aber Ihr könnt es mir glauben,
Signor Giglio, beinahe ein Menschenalter gehört für den besten Schauspieler dazu, jene Verse in dem Geist vorzutragen, wie ich sie empfangen,
wie ich sie gedichtet, wie sie das Volk bezaubern, hinreißen müssen zum
wahnsinnigen Entzücken.«

Unter diesen Gesprächen waren beide, der Abbate und Giglio, in die
Straße del Babuino gelangt, wo der Abbate wohnte. Die Treppe, die sie
erstiegen, war so hühnersteigartig, daß Giglio zum zweitenmal recht lebhaft an Giacinta dachte und im Innern wünschte, doch lieber das holde
Ding anzutreffen als des Abbate »Weißen Mohren«.

Der Abbate zündete zwei Kerzen an, rückte dem Giglio einen Lehnstuhl
vor den Tisch, holte ein ziemlich dickleibiges Manuskript hervor, setzte
sich dem Giglio gegenüber und begann sehr feierlich: »Il Moro bianco«,
tragedia etc.

Die erste Szene begann mit einem langen Monolog irgendeiner wichti-
gen Person des Stücks, die erst über das Wetter, über die zu hoffende
Ergiebigkeit der bevorstehenden Weinlese sprach, dann aber Betrachtungen
über das Unzulässige eines Brudermords anstellte.

Giglio wußte selbst nicht, wie es kam, daß ihm des Abbate Verse, die
er sonst für hochherrlich gehalten, heute so läppisch, so albern, so langweilig vorkamen. Ja! – unerachtet der Abbate alles mit der dröhnenden
gewaltigen Stimme des übertriebensten Pathos vortrug, so daß die Wände
erbebten, so geriet doch Giglio in einen träumerischen Zustand, in dem
ihm alles seltsam zu Sinn kam, was ihm seit dem Tage begegnet, als der
Palast Pistoja den abenteuerlichsten aller Maskenzüge in sich aufnahm.
Sich ganz diesen Gedanken überlassend, drückte er sich tief in die Lehne
des Sessels, schlug die Arme übereinander und ließ den Kopf tiefer und
tiefer sinken auf die Brust.

Ein starker Schlag auf die Schulter riß ihn aus den träumerischen Gedanken. »Was?« schrie der Abbate, der aufgesprungen war und ihm jenen Schlag versetzt hatte, ganz erbost, »was? – ich glaube gar, Ihr schlaft? – Ihr wollt meine ›Moro bianco‹ nicht hören? – Ha, nun verstehe ich alles. Euer Impresario hatte recht, Euch fortzujagen; denn Ihr seid ein miserabler Bursche worden ohne Sinn und Verstand für das Höchste der Poesie. – Wißt Ihr, daß nun Euer Schicksal entschieden ist, daß Ihr niemals mehr Euch erheben könnt aus dem Schlamm, in den Ihr versunken? – Ihr seid über meine ›Moro bianco‹ eingeschlafen; das ist ein nie zu sühnendes Verbrechen, eine Sünde wider den heiligen Geist. Schert Euch zum Teufel!«

Giglio war sehr erschrocken über des Abbate ausgelassenen Zorn. Er stellte ihm de- und wehmütig vor, daß ein starkes festes Gemüt dazu gehöre, seine Trauerspiele aufzufassen, daß aber, was ihn (den Giglio) betreffe, sein ganzes Innere zermalmt und zerknirscht sei von den zum Teil seltsamen spukhaften, zum Teil unglückseligen Begebenheiten, in die er seit den letzten Tagen verwickelt.

»Glaubt es mir«, sprach Giglio, »glaubt es mir, Signor Abbate, ein geheimnisvolles Verhängnis hat mich erfaßt. Ich gleiche einer zerschlagenen Zither, die keinen Wohllaut in sich aufzunehmen, keinen Wohllaut aus sich heraus ertönen zu lassen vermag. Wähntet Ihr, daß ich während Eurer herrlichen Verse eingeschlafen, so ist so viel gewiß, daß eine krankhafte, unbezwingliche Schlaftrunkenheit dermaßen mich übernahm, daß selbst die kräftigsten Reden Eures unübertreffliche ›Weißen Mohren‹ mir matt und langweilig vorkamen.« – »Seid Ihr rasend?« schrie der Abbate. – »Geratet doch nur nicht in solchen Zorn!« fuhr Giglio fort. »Ich ehre Euch ja als den höchsten Meister, dem ich meine ganze Kunst zu verdanken, und suche bei Euch Rat und Hilfe. Erlaubt, daß ich Euch alles erzähle, wie es sich mit mir begeben, und steht mir bei in höchster Not! Schafft, daß ich mich in den Sonnenglanz des Ruhms, in dem Euer ›Weißer Mohr‹ aufstrahlen wird, stelle und von dem bösesten aller Fieber genese!«

Der Abbate ward durch diese Rede Giglios besänftigt und ließ sich alles erzählen, von dem verrückten Celionati, von der Prinzessin Brambilla u.s.w.

Als Giglio geendet, begann der Abbate, nachdem er einige Augenblicke sich tiefem Nachdenken überlassen, mit ernster feierlicher Stimme: »Aus allem, was du mir erzählt, mein Sohn Giglio, entnehme ich mit Recht, daß du völlig unschuldig bist. Ich verzeihe dir, und damit du gewahrst, daß meine Großmut, meine Herzensgüte grenzenlos ist, so werde dir durch mich das höchste Glück, das dir auf deiner irdischen Laufbahn begegnen kann! – Nimm hin die Rolle des ›Moro bianco‹, und die glühendste Sehnsucht deines Innern nach dem Höchsten werde gestillt, wenn du ihn spielst! – Doch, o mein Sohn Giglio, du liegst in den Schlingen des Teufels. Eine höllische Kabale gegen das Höchste der Dichtkunst, gegen meine Trauerspiele, gegen mich, will dich nützen als tötendes Werkzeug. – Hast du nie sprechen gehört von dem alten Fürsten Bastianello di Pistoja, der in jenem alten Palast, wo die maskierten Hasenfüße hineingezogen, hauste, und der, schon mehrere Jahre sind es her, aus Rom spurlos verschwand? – Nun, dieser alte Fürst Bastianello war ein gar närrischer Kauz und auf alberne Art seltsam in allem, was er sprach und begann. So behauptete er, aus dem Königsstamm eines fernen unbekannten Landes entsprossen und drei- bis vierhundert Jahre alt zu sein, unerachtet ich den Priester selbst kannte, der ihn hier in Rom getauft. Oft sprach er von Besuchen, die er von seiner Familie auf geheimnisvolle Weise erhalte, und in der Tat sah man oft plötzlich die abenteuerlichsten Gestalten in seinem Hause, die dann ebenso plötzlich verschwanden, wie sie gekommen. – Gibt es etwas Leichteres, als Bedienten und Mägde seltsam zu kleiden? – denn andere waren doch nicht jene Gestalten, die das dumme Volk voll Erstaunen angaffte und den Fürsten für etwas ganz Besonderes hielt, wohl gar für einen Zauberer. Närrisches Zeug machte er genug, und so viel ist gewiß, daß er einmal zur Karnevalszeit mitten im Korso Pomeranzenkerne ausstreute, woraus sogleich kleine nette Pulcinells emporschossen zum Jubel der Menge, und er meinte, das wären die süßesten Früchte der Römer. – Was soll ich Euch indessen mit dem verrückten Unsinn des Fürsten langweilen und nicht lieber gleich das sagen, was ihn als den gefährlichsten Menschen darstellt? Könnt Ihr es Euch wohl denken, daß der verwünschte Alte es darauf abgesehen hatte, allen guten Geschmack in der Literatur und Kunst zu untergraben? – Könnt Ihr es Euch denken, daß er, was vorzüglich das Theater betrifft, die Masken in Schutz nahm und nur das alte Trauerspiel gelten lassen wollte, dann aber von einer Gattung des Trauerspiels sprach, die nur ein verbranntes Gehirn ausbrüten kann? Eigentlich hab' ich niemals recht verstanden, was er wollte; aber es kam beinahe so heraus, als behaupte er, daß die höchste Tragik durch eine besondere Art des Spaßes hervorgebracht werden müsse. Und – nein, es ist unglaublich, es ist beinahe unmöglich zu sagen – meine Trauerspiele – versteht Ihr wohl? – *meine* Trauerspiele, – meinte er, wären ungemein spaßhaft, wiewohl auf andere Weise, indem das tragische Pathos sich darin unwillkürlich selbst parodiere. – Was vermögen alberne Gedanken und Meinungen? Hätte der Fürst sich nur damit begnügt; aber in Tat – in grause Tat ging sein Haß über gegen mich und meine Trauerspiele! – Noch ehe Ihr nach Rom gekommen, geschah mir das Entsetzliche. – Das herrlichste meiner Trauerspiele (ich nehme den ›Moro bianco‹ aus) ›Lo spettro fraterno vendicato‹, wurde gegeben. Die Schauspieler übertrafen sich selbst; nie hatten sie so den innern Sinn meiner Worte aufgefaßt, nie waren sie in Bewegung und Stellung so wahrhaft tragisch gewesen. – Laßt es Euch bei dieser Gelegenheit sagen, Signor Giglio, daß, was Eure Gebärden, vorzüglich aber Eure Stellungen betrifft, Ihr noch etwas zurück seid. Signor Zechielli, mein damaliger Tragiker, vermochte mit voneinandergespreizten Beinen, Füße in den Boden gewurzelt, feststehend, Arme in die Lüfte erhoben, den Leib so nach und nach herumzudrehen, daß er mit dem Gesicht über den Rücken hinwegschaute und so in Gebärde und Mienenspiel den Zuschauern ein doppelt wirkender Janus erschien. – So was ist vielfältig von der frappantesten Wirkung, muß aber jedesmal angebracht werden, wenn ich vorschreibe: ›Er beginnt zu verzweifeln!‹ – Schreibt Euch das hinter die Ohren, mein guter Sohn, und gebt Euch Mühe, zu verzweifeln wie Signor Zechielli! Nun! ich komme auf mein ›Spettro fraterno‹ zurück. – Die Vorstellung war die vortrefflichste, die ich jemals sah, und doch brach das Publikum bei jeder Rede meines Helden aus in ein unmäßiges Gelächter. Da ich den Fürsten Pistoja in der Loge erblickte, der dieses Lachen jedesmal intonierte, so hatte es gar keinen Zweifel, daß er es allein war, der, Gott weiß durch welche höllische Ränke und Schwänke, mir diesen fürchterlichen Tort über den Hals zog. Wie froh war ich, als der Fürst aus Rom verschwunden! Aber sein Geist lebt fort in dem alten verfluchten Ciarlatano, in dem verrückten Celionati, der, wiewohl vergeblich, schon auf Marionettentheatern meine Trauerspiele lächerlich zu machen versucht hat. Es ist nur zu gewiß, daß auch Fürst Bastianello wieder in Rom spukt, denn darauf deutet die tolle Maskerade, die in seinen Palast gezogen. – Euch stellt Celionati nach, um mir zu schaden. Schon gelang es ihm, Euch von den Brettern zu bringen und das Trauerspiel Eures Impresario zu zerstören. Nun sollt Ihr der Kunst ganz und gar abwendig gemacht werden, dadurch, daß man Euch allerhand tolles Zeug, Phantasmata von Prinzessinnen, grotesken Gespenstern u. dgl. in den Kopf setzt. Folgt meinem Rat, Signor Giglio, bleibt fein zu Hause, trinkt mehr Wasser als Wein und studiert mit dem sorglichsten Fleiß meine ›Moro bianco‹, den ich Euch mitgeben will! Nur in dem ›Moro bianco‹ ist Trost, ist Ruhe und dann Glück, Ehre und Ruhm für Euch zu suchen und zu finden. – Gehabt Euch wohl, Signor Giglio!« –

Den andern Morgen wollte Giglio tun, wie ihm der Abbate geheißen, nämlich die vortreffliche Tragödia von dem »Moro bianco« studieren. Er konnte es aber deshalb nicht dahin bringen, weil alle Buchstaben auf 677 jedem Blatte vor seinen Augen zerflossen in das Bild der holden, lieblichen Giacinta Soardi. »Nein«, rief Giglio endlich voll Ungeduld, »nein, ich ertrag' es nicht länger, ich muß hin zu ihr, zu der Holden. Ich weiß es, sie liebt mich noch, sie muß mich lieben, und aller Smorfia zum Trotz wird sie es mir nicht verhehlen können, wenn sie mich wiedersieht. Dann werd' ich wohl das Fieber los, das der verwünschte Kerl, der Celionati, mir an den Hals gehext, und aus dem tollen Wirrwarr aller Träume und Einbildungen erstehe ich neugeboren, als moro bianco, wie der Phönix aus der Asche! – Gesegneter Abbate Chiari, du hast mich auf den rechten Weg zurückgeleitet.«

Giglio putzte sich sofort auf das schönste heraus, um sich nach Meister Bescapis Wohnung zu begeben, wo sein Mädchen, wie er glaubte, jetzt anzutreffen. Schon im Begriff, aus der Türe hinauszutreten, spürte er plötzlich die Wirkungen des »Moro bianco«, den er lesen wollen. Es überfiel ihn, wie ein starker Fieberschauer, das tragische Pathos! »Wie«, rief er, indem er, den rechten Fuß weit vorschleudernd, mit dem Oberleib zurückfuhr und beide Arme vorstreckte, die Finger voneinanderspreizte, wie ein Gespenst abwehrend – »Wie? – wenn sie mich nicht mehr liebte? – wenn sie, verlockt von den zauberischen Truggestalten des Orkus vornehmer Welt, berauscht von dem Lethetrank des Vergessens im Aufhören des Gedankens an mich, mich wirklich vergessen? – Wenn ein Nebenbuhler – Entsetzlicher Gedanke, den der schwarze Tartarus gebar aus todesschwangern Klüften! – Ha, Verzweiflung – Mord und Tod! – Her mit dir, du lieblicher Freund, der, in blutigen Rosengluten alle Schmach sühnend, Ruhe gibt und Trost – und *Rache*.« – Die letzten Worte brüllte Giglio dermaßen, daß das ganze Haus widerhallte. Zugleich griff er nach dem blanken Dolch, der auf dem Tische lag, und steckte ihn ein. Es war aber nur ein Theaterdolch. 678

Meister Bescapi schien nicht wenig verwundert, als Giglio nach Giacinta fragte. Er wollte durchaus nichts davon wissen, daß sie jemals in seinem

Hause gewohnt, und alle Versicherungen Giglios, daß er sie ja vor wenigen Tagen auf dem Balkon gesehen und mit ihr gesprochen, halfen nicht das allermindeste; Bescapi brach vielmehr das Gespräch ganz ab und erkundigte sich lächelnd, wie dem Giglio der neuliche Aderlaß bekommen. – Sowie Giglio des Aderlasses erwähnen hörte, rannte er über Hals und Kopf von dannen. Als er über den spanischen Platz kam, sah er ein altes Weib vor sich herschreiten, die mühsam einen bedeckten Korb forttrug, und die er für die alte Beatrice erkannte. »Ha«, murmelte er, »du sollst mein Leitstern sein, dir will ich folgen!« – Nicht wenig verwundert war er, daß die Alte nach der Straße mehr schlich als ging, wo sonst Giacinta wohnte, als sie vor Signor Pasquales Haustür stillstand und den schweren Korb absetzte. In dem Augenblick fiel ihr Giglio, der ihr auf dem Fuße gefolgt, in die Augen. »Ha!« rief sie laut, »ha, mein süßer Herr Taugenichts, laßt Ihr Euch endlich wieder einmal blicken? Nun, Ihr seid mir ein schöner treuer Liebhaber, der sich herumtreibt an allen Ecken und Orten, wo er nicht hingehört, und sein Mädchen vergißt in der schönen lustigen Zeit des Karnevals! – Nun, helft mir nur jetzt den schweren Korb hinauftragen, und dann möget Ihr zusehen, ob Giacintchen noch einige Ohrfeigen für Euch aufbewahrt hat, die Euch den wackligen Kopf zurechtsetzen.« – Giglio überhäufte die Alte mit den bittersten Vorwürfen, daß sie ihn mit der albernen Lüge, wie Giacinta im Gefängnis sitze, gefoppt; die Alte wollte dagegen nicht das mindeste davon wissen, sondern behauptete, daß Giglio sich das alles nur eingebildet, nie habe Giacinta die Stübchen in Signor Pasquales Hause verlassen und sei in diesem Karneval fleißiger gewesen als jemals. Giglio rieb sich die Stirne, zupfte sich an der Nase, als wolle er sich selbst erwecken aus dem Schlafe. »Es ist nur zu gewiß«, sprach er, »entweder liege ich jetzt im Traum, oder ich habe die ganze Zeit über den verwirrtesten Traum geträumt.« – »Seid«, unterbrach ihn die Alte, »seid nur so gut und packt an! Ihr werdet dann an der Last, die Euern Rücken drückt, am besten merken können, ob Ihr träumt oder nicht.« Giglio lud nun ohne weiteres den Korb auf und stieg, die wunderbarsten Empfindungen in der Brust, die schmale Treppe hinan. »Was in aller Welt habt Ihr aber in dem Korbe?« fragte er die Alte, die vor ihm hinaufschritt. »Dumme Frage!« erwiderte diese, »Ihr habt es wohl noch gar nicht erlebt, daß ich auf den Markt gegangen bin, um einzukaufen für mein Giacintchen? und zudem erwarten wir heute Gäste.« – »Gäste?« fragte Giglio mit langgedehntem Tone. In dem Augenblick waren sie aber oben, die Alte hieß dem Giglio den Korb niedersetzen und hineingehen in das Stübchen, wo er Giacinta antreffen würde.

Das Herz pochte dem Giglio vor banger Erwartung, vor süßer Angst. Er klopfte leise an, öffnete die Türe. Da saß Giacinta, wie sonst emsig arbeitend, an dem Tisch, der vollgepackt war mit Blumen, Bändern, allerlei Zeugen u.s.w. »Ei«, rief Giacinta, indem sie Giglio mit leuchtenden Augen anblickte, »ei, Signor Giglio, wo kommt Ihr auf einmal wieder her? Ich glaubte, Ihr hättet Rom längst verlassen?« – Giglio fand sein Mädchen so über alle Maßen hübsch, daß er ganz verdutzt, keines Wortes mächtig, in der Türe stehen blieb. Wirklich schien auch ein ganz besonderer Zauber der Anmut über ihr ganzes Wesen ausgegossen; höheres Inkarnat glühte auf ihren Wangen, und die Augen, ja eben die Augen leuchteten, wie gesagt, dem Giglio recht ins Herz hinein. – Es wäre nur zu sagen gewesen, Giacinta hatte ihren beau jour; da dieses französische Wort aber jetzt nicht mehr zu dulden, so mag nur beiläufig bemerkt werden, daß es mit dem beau jour nicht nur seine Richtigkeit, sondern auch seine eigne Bewandtnis hat. Jedes artige Fräulein von weniger Schönheit oder 680 auch passabler Häßlichkeit darf nur, sei es von außen oder von innen dazu aufgeregt, lebendiger als sonst denken: »Ich bin doch ein bildschönes Mädchen!« und überzeugt sein, daß mit diesem herrlichen Gedanken, mit dem sublimen Wohlbehagen im Innern sich auch der beau jour von selbst einstellt. –

Endlich stürzte Giglio ganz außer sich hin zu seinem Mädchen, warf sich auf die Knie und ergriff mit einem tragischen: »Meine Giacinta, mein süßes Leben!« ihre Hände. Plötzlich fühlte er aber einen tiefen Nadelstich seinen Finger durchbohren, so daß er vor Schmerz in die Höhe fuhr und sich genötigt fühlte unter dem Ausruf: »Teufel! Teufel!« – einige Sprünge zu verführen. Giacinta schlug ein helles Gelächter auf, dann sprach sie sehr ruhig und gelassen: »Seht, lieber Signor Giglio, das war etwas für Euer unartiges, ungestümes Betragen. Sonst ist es recht hübsch von Euch, daß Ihr mich besucht; denn bald werdet Ihr mich vielleicht nicht so ohne alle Zeremonie sehen können. Ich erlaube Euch bei mir zu verweilen. Setzt Euch dort auf den Stuhl mir gegenüber und erzählt mir, wie es Euch so lange gegangen, was Ihr für neue schöne Rollen spielt und dergleichen! Ihr wißt, ich höre das gern, und wenn Ihr nicht in Euer verdammtes weinerliches Pathos, das Euch der Signor Abbate Chiari – Gott möge ihm dafür nicht die ewige Seligkeit entziehen! – angehext hat, verfallt, so hört es sich Euch ganz leidlich zu.« – »Meine Giacinta«, sprach

Giglio im Schmerz der Liebe und des Nadelstichs, »meine Giacinta, laß uns alle Qual der Trennung vergessen! – Sie sind wiedergekommen, die süßen seligen Stunden des Glücks, der Liebe« – »Ich weiß nicht«, unterbrach ihn Giacinta, »ich weiß nicht, was Ihr für albernes Zeug schwatzt. Ihr sprecht von Qual der Trennung, und ich kann Euch versichern, daß ich meinesteils, glaubt' ich nämlich in der Tat, daß Ihr Euch von mir trenntet, gar nichts und am wenigsten einige Qual dabei empfunden. Nennt Ihr selige Stunden die, in denen Ihr Euch bemühtet mich zu langweilen, so glaube ich nicht, daß sie jemals wiederkehren werden. Doch im Vertrauen, Signor Giglio, Ihr habt manches, was mir gefällt, Ihr seid mir manchmal gar nicht unlieb gewesen, und so will ich Euch gern verstatten, daß Ihr mich künftig, soviel es geschehen darf, sehet, wiewohl die Verhältnisse, die, jede Zutraulichkeit hemmend, Entfernung zwischen uns gebieten, Euch einigen Zwang auflegen werden.« – »Giacinta!« – rief Giglio, »welche sonderbare Reden?« – »Nichts Sonderbares«, erwiderte Giacinta, »ist hier im Spiel. Setzt Euch nur ruhig hin, guter Giglio! es ist ja doch vielleicht das letztemal, daß wir so traulich miteinander sind – Aber auf meine Gnade könnt Ihr immer rechnen; denn, wie gesagt, ich werde Euch nie das Wohlwollen, das ich für Euch gehegt, entziehen.« – Beatrice trat hinein, ein paar Teller in den Händen, worauf die köstlichsten Früchte lagen, auch hatte sie eine ganz ansehnliche Phiole unter den Arm gekniffen. Der Inhalt des Korbes schien sich aufgetan zu haben. Durch die offene Türe sah Giglio ein muntres Feuer auf dem Herde knistern, und von allerlei Leckerbissen war der Küchentisch ganz voll und schwer. »Giacintchen«, sprach Beatrice schmunzelnd, »soll unser kleines Mahl den Gast recht ehren, so ist mir noch etwas Geld vonnöten.« – »Nimm, Alte, so viel du bedarfst«, erwiderte Giacinta, indem sie der Alten einen kleinen Beutel hinreichte, aus dessen Gewebe schöne Dukaten hervorblinkten. Giglio erstarrte, als er in dem Beutel den Zwillingsbruder des Beutels erkannte, den ihm, wie er nicht anders glauben konnte, Celionati zugesteckt, und dessen Dukaten bereits auf der Neige waren. »Ist es ein Blendwerk der Hölle?« schrie er auf, riß schnell den Beutel der Alten aus der Hand und hielt ihn dicht vor die Augen. Ganz erschöpft sank er aber in den Stuhl, als er auf dem Beutel die Inschrift las: »Gedenke deines Traumbildes!« – »Hoho«, knurrte ihn die Alte an, indem sie den Beutel, den Giglio ihr mit weit vorgestrecktem Arm hinhielt, zurücknahm, »hoho, Signor Habenichts! Euch setzt wohl solch schöner Anblick ganz in Erstaunen und Verwunderung? – Hört doch die liebliche Musik und ergötzt

Euch dran!« Damit schüttelte sie den Beutel, daß das Gold darin erklang, und verließ das Zimmer. »Giacinta«, sprach Giglio, ganz aufgelöst in Trostlosigkeit und Schmerz, »Giacinta! welch gräßliches entsetzliches Geheimnis. – Sprecht es aus! – sprecht aus meinen Tod!« – »Ihr seid«, erwiderte Giacinta, indem sie die feine Nähnadel zwischen den spitzen Fingern gegen das Fenster hielt und geschickt den Silberfaden durch das Ohr stieß, »Ihr seid und bleibt der Alte. Euch ist es so geläufig geworden, über alles in Ekstase zu geraten, daß Ihr umherwandelt, ein stetes langweiliges Trauerspiel mit noch langweiligerem O, Ach und Weh! – Es ist hier gar nicht die Rede von gräßlichen, entsetzlichen Dingen; ist es Euch aber möglich, artig zu sein und Euch nicht zu gebärden wie ein halb verrückter Mensch, so möcht' ich wohl mancherlei erzählen.« – »Sprecht, gebt mir den Tod!« murmelte Giglio mit halb erstickter Stimme vor sich hin. – »Erinnert«, begann Giacinta, »erinnert Ihr Euch wohl, Signor Giglio, was Ihr, es ist gar nicht lange her, mir einmal über das Wunder eines jungen Schauspielers sagtet? Ihr nanntet solch einen vortrefflichen Helden ein wandelndes Liebesabenteuer, einen lebendigen Roman auf zwei Beinen, und was weiß ich wie sonst noch. Nun will ich behaupten, daß eine junge Putzmacherin, der der gütige Himmel eine hübsche Gestalt, ein artiges Gesicht und vorzüglich jene innere magische Gewalt verlieh, vermöge der ein Mädchen sich erst eigentlich als wahrhaftes Mädchen gestaltet, noch ein viel größeres Wunder zu nennen. Solch ein Nestkind der gütigen Natur ist erst recht ein in den Lüften schwebendes liebliches Abenteuer, und die schmale Stiege zu ihr herauf ist die Himmelsleiter, die in das Reich kindisch kecker Liebesträume führt. Sie ist selbst das zarte Geheimnis des weiblichen Putzes, das bald im schimmernden Glanz üppiger Farbenpracht, bald im milden Schein weißer Mondesstrahlen, rosiger Nebel, blauer Abenddüfte lieblichen Zauber übt über euch Männer. Verlockt von Sehnsucht und Verlangen, naht ihr euch dem wunderbaren Geheimnis, ihr schaut die mächtige Fee mitten unter ihrem Zaubergerät; aber da wird, von ihren kleinen weißen Fingern berührt, jede Spitze zum Liebesnetz, jedes Band, das sie nestelt, zur Schlinge, in der ihr euch verfangt. Und in ihren Augen spiegelt sich alle entzückende Liebestorheit und erkennt sich selbst und hat an sich selbst herzinnigliche Freude. Ihr hört eure Seufzer aus der innersten Brust der Holden wiedertönen, aber leise und lieblich, wie die sehnsüchtige Echo den Geliebten ruft aus den fernen magischen Bergen. Da gilt nicht Rang, nicht Stand; dem reichen Prinzen, dem armen Schauspieler ist das kleine Gemach der anmutigen

Circe das blumige blühende Arkadien in der unwirtbaren Wüste seines Lebens, in das er sich hineinrettet. Und wächst auch unter den schönen Blumen dieses Arkadiens etwas Schlangenkraut, was tut's? es gehört zu der verführerischen Gattung, die herrlich blüht und noch schöner duftet.« – »O ja«, unterbrach Giglio Giacinten, »o ja, und aus der Blüte selbst fährt das Tierlein, dessen Namen das schön blühende und duftende Kraut trägt, und sticht plötzlich mit der Zunge wie mit spitzer Nähnadel.« – »Jedesmal«, nahm Giacinta wieder das Wort, »wenn irgendein fremder Mann, der nicht hineingehört in das Arkadien, tölpisch mit der Nase zufährt.« – »Schön gesagt«, fuhr Giglio, ganz Arger und Ingrimm, fort, »schön gesagt, meine holde Giacinta! Ich muß überhaupt gestehen, daß du in der Zeit, während der ich dich nicht sah, auf wunderbare Art klug geworden bist. Du philosophierst über dich selbst auf eine Weise, die mich in Erstaunen setzt. Wahrscheinlich gefällst du dir ganz ungemein als zauberische Circe in dem reizenden Arkadien deines Dachstübchens, das der Schneidermeister Bescapi mit nötiger Zaubergerätschaft zu versehen nicht unterläßt.« »Es mag«, sprach Giacinta sehr gelassen weiter, »es mag mir ganz so gehen wie dir. Auch ich habe allerlei hübsche Träume gehabt. – Doch, mein guter Giglio, alles, was ich da von dem Wesen einer hübschen Putzmacherin gesprochen, nimm es wenigstens halb und halb für Scherz, für schälkische Neckerei und beziehe es um so weniger auf mich selbst, als dies hier vielleicht meine letzte Putzarbeit ist. – Erschrick nicht, mein guter Giglio! aber sehr leicht ist es möglich, daß ich am letzten Tage des Karnevals dies dürftige Kleid mit einem Purpurmantel, diesen kleinen Schemel mit einem Thron vertausche!« – »Himmel und Hölle«, schrie Giglio, indem er heftig aufsprang, die geballte Faust an der Stirn, »Himmel und Hölle! Tod und Verderben! So ist es wahr, was jener heuchlerische Bösewicht mir ins Ohr raunte? – Ha! öffne dich, flammenspeiender Abgrund des Orkus! Steigt herauf, schwarzgefiederte Geister des Acheron! – Genug!« – Giglio verfiel in den gräßlichen Verzweiflungsmonolog irgendeines Trauerspiels des Abbate Chiari. Giacinta hatte diesen Monolog, den ihr Giglio sonst hundertfältig vordeklamiert, bis auf den kleinsten Vers im Gedächtnis und soufflierte, ohne von der Arbeit aufzusehen, dem verzweifelnden Geliebten jedes Wort, wenn er hie und da ins Stocken geraten wollte. Zuletzt zog er den Dolch, stieß ihn sich in die Brust, sank hin, daß das Zimmer dröhnte, stand wieder auf, klopfte sich den Staub ab, wischte sich den Schweiß von der Stirne, fragte lächelnd: »Nicht wahr, Giacinta, das bewährt den Meister?« – »Allerdings«, erwiderte Giacinta, ohne sich zu rühren, »allerdings. Du hast vortrefflich tragiert, guter Giglio; aber nun wollen wir, dächt' ich, uns zu Tische setzen.«

Die alte Beatrice hatte indessen den Tisch gedeckt, ein paar herrlich duftende Schüsseln aufgetragen und die geheimnisvolle Phiole aufgesetzt nebst blinkenden Kristallgläsern. Sowie Giglio das erblickte, schien er ganz außer sich: »Ha, der Gast – der Prinz – Wie ist mir? Gott! – ich habe ja nicht Komödie gespielt, ich bin ja wirklich in Verzweiflung geraten, – ja, in helle tolle Verzweiflung hast du mich gestürzt, treulose Verräterin, Schlange, Basilisk – Krokodil! Aber Rache – Rache!« Damit schwang er den Theaterdolch, den er von der Erde aufgerafft, in den Lüften. Aber Giacinta, die ihre Arbeit auf den Nähtisch geworfen und aufgestanden, nahm ihn beim Arm und sprach: »Sei kein Hase, guter Giglio! gib dein Mordinstrument der alten Beatrice, damit sie Zahnstocher daraus schneide, und setze dich mit mir zu Tisch; denn am Ende bist du der einzige Gast, den ich erwartet habe.« Giglio ließ sich, plötzlich besänftigt, die Geduld selbst, zu Tische führen und tat, was das Zulangen betrifft, sich dann weiter keinen Zwang an.

Giacinta fuhr fort, ganz ruhig und gemütlich von dem ihr bevorstehenden Glück zu erzählen, und versicherte dem Giglio einmal über das andere, daß sie durchaus nicht in übermäßigen Stolz verfallen und Giglios Gesicht ganz und gar vergessen, vielmehr, solle er sich ihr von ferne zeigen, sich ganz gewiß seiner erinnern und ihm manchen Dukaten zufließen lassen werde, so daß es ihm nie an rosmarinfarbnen Strümpfen und parfümierten Handschuhen mangeln dürfe. Giglio, dem, als er einige Gläser Wein getrunken, die ganze wunderbare Fabel von der Prinzessin Brambilla wieder in den Kopf gekommen, versicherte dagegen freundlich, daß er Giacintas gute herzliche Gesinnungen hochzuschätzen wisse; was aber den Stolz und die Dukaten betreffe, so werde er von beiden keinen Gebrauch machen können, da er, Giglio, selbst im Begriff stehe, mit beiden Füßen hineinzuspringen ins Prinzentum. Er erzählte nun, wie ihn bereits die vornehmste und reichste Prinzessin der Welt zu ihrem Ritter erkoren, und daß er hoffe, noch bei dem Schluß des Karnevals als der Gemahl seiner fürstlichen Dame dem armseligen Leben, das er bis jetzt geführt, auf immer Valet sagen zu können. Giacinta schien über Giglios Glück höchlich erfreut, und beide schwatzten nun ganz vergnüglich von der künftigen schönen Zeit der Freude und des Reichtumes. »Ich möchte nur«, sprach Giglio endlich, »daß die Reiche, die wir künftig beherrschen werden, fein aneinandergrenzten, damit wir gute Nachbarschaft halten könnten; aber, irr' ich nicht, so liegt das Fürstentum meiner angebeteten Prinzessin über Indien weg, gleich linker Hand um die Erde nach Persien zu.« – »Das ist schlimm«, erwiderte Giacinta, »auch ich werde wohl weit fort müssen, denn das Reich meines fürstlichen Gemahls soll dicht bei Bergamo liegen. Doch wird sich das wohl machen lassen, daß wir künftig Nachbarn werden und bleiben.« – Beide, Giacinta und Giglio, kamen dahin überein, daß ihre künftigen Reiche durchaus in die Gegend von Frascati verlegt werden müßten. – »Gute Nacht, teure Prinzessin!« sprach Giglio; »wohl zu ruhen, teurer Prinz!« erwiderte Giacinta, und so schieden sie, als der Abend einbrach, friedlich und freundlich auseinander.

687

# Fünftes Kapitel

*Wie Giglio in der Zeit gänzlicher Trockenheit des menschlichen Geistes
zu einem weisen Entschluß gelangte, den Fortunatussäckel einsteckte
und dem demütigsten aller Schneider einen stolzen Blick zuwarf. –
Der Palast Pistoja und seine Wunder. – Vorlesung des weisen Mannes
aus der Tulpe. – König Salomo, der Geisterfürst und Prinzessin
Mystilis. – Wie ein alter Magus einen schwarzen Schlafrock umwarf,
eine Zobelmütze aufsetzte und mit ungekämmtem Bart Prophezeiungen
vernehmen ließ in schlechten Versen. – Unglückliches Schicksal eines
Gelbschnabels. – Wie der geneigte Leser in diesem Kapitel nicht erfährt,
was sich bei Giglios Tanz mit der unbekannten Schönen weiter
begeben.*

Jeder, der mit einiger Phantasie begabt, soll, wie es in irgendeinem le-
bensklugheitschweren Buche geschrieben steht, an einer Verrücktheit
leiden, die immer steigt und schwindet wie Flut und Ebbe. Die Zeit der
erstern, wenn immer höher und stärker die Wellen daherbrausen, ist die
einbrechende Nacht, sowie die Morgenstunden gleich nach dem Erwachen,
bei der Tasse Kaffee, für den niedrigsten Punkt der Ebbe gelten. Daher
gibt jenes Buch auch den vernünftigen Rat, diese Zeit als den Moment
der herrlichsten klärsten Nüchternheit zu benutzen zu den wichtigsten
Angelegenheiten des Lebens. Nur des Morgens soll man z.B. sich verhei-
raten, tadelnde Rezensionen lesen, testieren, den Bedienten prügeln u.s.w.

In dieser schönen Zeit der Ebbe, in der sich der menschliche Geist
gänzlicher Trockenheit erfreuen darf, war es, als Giglio Fava über seine
Torheit erschrak und selbst gar nicht wußte, wie er das nicht längst habe
tun können, wozu die Aufforderung ihm doch sozusagen dicht vor die
Nase geschoben war. – »Es ist nur zu gewiß«, so dachte er im frohen
Bewußtsein des vollen Verstandes, »es ist nur zu gewiß, daß der alte Celionati halb wahnsinnig zu nennen, daß er sich in diesem Wahnsinn nicht
nur ungemein gefällt, sondern auch recht eigentlich darauf ausgeht, andere ganz verständige Leute darin zu verstricken. Ebenso gewiß ist es
aber, daß die schönste, reichste aller Prinzessinen, die göttliche Brambilla,
eingezogen ist in den Palast Pistoja, und – o Himmel und Erde! kann
diese Hoffnung, durch Ahnungen, Träume, ja durch den Rosenmund der
reizendsten aller Masken bestätigt, wohl täuschen – daß sie ihrer himm-

lischen Augen süßen Liebesstrahl gerichtet hat auf mich Glücklichen! – Unerkannt, verschleiert, hinter dem verschlossenen Gitter einer Loge erblickte sie mich, als ich irgendeinen Prinzen spielte, und ihr Herz war mein! – Kann sie denn wohl mir nahen auf geradem Wege? Bedarf das holde Wesen nicht Mittelspersonen, Vertrauter, die den Faden anspinnen, der sich zuletzt verschlingt zum süßesten Bande? – Mag es sich nun begeben haben, wie es will, unbezweifelt ist Celionati derjenige, der mich der Prinzessin in die Arme führen soll. – Aber statt fein ordentlich den geraden Weg zu gehen, stürzt er mich kopfüber in ein ganzes Meer von Tollheit und Fopperei, will mir einreden, in eine Fratze vermummt, müsse ich die schönste der Prinzessinnen aufsuchen im Korso, erzählt mir von assyrischen Prinzen, von Zauberern – Fort – fort mit allem tollen Zeuge, fort mit dem wahnsinnigen Celionati! – Was hält mich denn ab, mich sauber anzuputzen, gerade hineinzutreten in den Palast Pistoja, mich der Durchlauchtigsten zu Füßen zu werfen? O Gott, warum tat ich das nicht schon gestern – vorgestern? –«

Es war dem Giglio unangenehm, daß, als er nun eiligst seine beste Garderobe musterte, er nicht umhinkonnte, selbst zu gestehen, daß das Federbarett auf ein Haar einem gerupften Haushahn glich, daß das dreimal gefärbte Wams in allen möglichen Regenbogenfarben schillerte, daß der Mantel die Kunst des Schneiders, der durch die kühnsten Nähte der fressenden Zeit getrotzt, zu sehr verriet, daß das wohlbekannte blauseidne Beinkleid, die Rosastrümpfe sich herbstlich entfärbt. Wehmütig griff er nach dem Beutel, den er beinahe geleert glaubte und – in schönster Fülle strotzend vorfand. – »Göttliche Brambilla«, rief er entzückt aus, »göttliche Brambilla, ja, ich gedenke deiner, ich gedenke des holden Traumbildes!«

Man kann sich vorstellen, daß Giglio, den angenehmen Beutel, der eine Art Fortunatussäckel schien, in der Tasche, sofort alle Läden der Trödler und Schneider durchrannte, um sich einen Anzug so schön, als ihn jemals ein Theaterprinz angelegt, zu verschaffen. Alles, was man ihm zeigte, war ihm nicht reich, nicht prächtig genug. Endlich besann er sich, daß ihm wohl kein anderer Anzug genügen werde, als den Bescapis Meisterhand geschaffen, und begab sich sofort zu ihm hin. Als Meister Bescapi Giglios Anliegen vernommen, rief er, ganz Sonne im Antlitz: »O mein bester Signor Giglio, damit kann ich aufwarten«, und führte den kauflustigen Kunden in ein anderes Kabinett. Giglio war aber nicht wenig verwundert, als er hier keine andern Anzüge fand als die vollständige italienische Komödie und außerdem noch die tollsten fratzenhaftesten Masken. Er

69

glaubte von Meister Bescapi mißverstanden zu sein und beschrieb ziemlich heftig die vornehme reiche Tracht, in die er sich zu putzen wünsche. »Ach Gott!« rief Bescapi wehmütig, »ach Gott! was ist denn das wieder? Mein bester Signor, ich glaube doch nicht, daß wieder gewisse Anfälle –« – »Wollt«, unterbrach ihn Giglio ungeduldig, indem er den Beutel mit den Dukaten schüttelte, »wollt Ihr mir, Meister Schneider, einen Anzug verkaufen, wie ich ihn wünsche, so ist's gut; wo nicht, so laßt es bleiben.« – »Nun, nun«, sprach Meister Bescapi kleinlaut, »werdet nur nicht böse, Signor Giglio! – Ach, Ihr wißt nicht, wie gut ich es mit Euch meine, ach, hättet Ihr nur ein wenig, ein ganz wenig Verstand!« – »Was untersteht Ihr Euch, Meister Schneider?« rief Giglio zornig. »Ei«, fuhr Bescapi fort, »bin ich ein Meister Schneider, so wollt' ich, ich könnte Euch das Kleid anmessen mit dem richtigen Maß, das Euch paßlich und dienlich. Ihr rennt in Euer Verderben, Signor Giglio, und mir tut es leid, daß ich Euch nicht alles wiedersagen kann, was der weise Celionati mir über Euch und Euer bevorstehendes Schicksal erzählt hat.« – »Hoho!« sprach Giglio, »der *weise* Signor Celionati, der saubre Herr Marktschreier, der mich verfolgt auf alle mögliche Weise, der mich um mein schönstes Glück betrügen will, weil er mein Talent, mich selbst haßt, weil er sich auflehnt gegen den Ernst höherer Naturen, weil er alles in die alberne Mummerei des hirnlosen Spaßes hineinfoppen möchte! – O mein guter Meister Bescapi, ich weiß alles, der würdige Abbate Chiari hat mir alle Hinterlist entdeckt. Der Abbate ist der herrlichste Mensch, die poetischste Natur, die man finden kann; denn für *mich* hat er den weißen Mohren geschaffen, und niemand auf der ganzen weiten Erde, sag' ich, kann den weißen Mohren spielen, als ich.« – »Was sagt Ihr?« rief Meister Bescapi laut lachend, »hat der würdige Abbate, den der Himmel recht bald abrufen möge zur Versammlung höherer Naturen, hat er mit seinem Tränenwasser, das er so reichlich ausströmen läßt, einen Mohren weiß gewaschen?« – »Ich frage«, sprach Giglio, mit Mühe seinen Zorn unterdrückend, »ich frage Euch noch einmal, Meister Bescapi, ob Ihr mir für meine vollwichtigen Dukaten einen Anzug, wie ich ihn wünsche, verkaufen wollt oder nicht?« – »Mit Vergnügen«, erwiderte Bescapi ganz fröhlich, »mit Vergnügen, mein bester Signor Giglio!«

Darauf öffnete der Meister ein Kabinett, in dem die reichsten, herrlichsten Anzüge hingen. Dem Giglio fiel sogleich ein vollständiges Kleid ins Auge, das in der Tat sehr reich, wiewohl der seltsamen Buntheit halber etwas phantastisch ins Auge fiel. Meister Bescapi meinte, dieses Kleid käme hoch zu stehen und würde dem Giglio wohl zu teuer sein. Als aber Giglio darauf bestand, das Kleid zu kaufen, den Beutel hervorzog und den Meister aufforderte, den Preis zu setzen, wie er wolle, da erklärte Bescapi, daß er den Anzug durchaus nicht fortgeben könne, da derselbe schon für einen fremden Prinzen bestimmt, und zwar für den Prinzen Cornelio Chiapperi. – »Wie«, rief Giglio, ganz Begeisterung, ganz Ekstase, »wie? – was sagt Ihr? – so ist das Kleid für mich gemacht und keinen andern. Glücklicher Bescapi! – Eben der Prinz Cornelio Chiapperi ist es, der vor Euch steht und bei Euch sein Innerstes Wesen, sein Ich vorgefunden!« –

Sowie Giglio diese Worte sprach, riß Meister Bescapi den Anzug von der Wand, rief einen seiner Burschen herbei und befahl ihm, den Korb, in den er schnell alles eingepackt, dem durchlauchtigsten Prinzen nachzutragen.

»Behaltet«, rief der Meister, als Giglio zahlen wollte, »behaltet Euer Geld, mein hochverehrtester Prinz! – Ihr werdet Eile haben. Euer untertänigster Diener wird schon zu seinem Gelde kommen; vielleicht berichtigt der weiße Mohr die kleine Auslage! – Gott beschütze Euch, mein vortrefflicher Fürst!« –

Giglio warf dem Meister, der einmal übers andere in den zierlichsten Bücklingen niedertauchte, einen stolzen Blick zu, steckte das Fortunatussäckel ein und begab sich mit dem schönen Prinzenkleide von dannen.

Der Anzug paßte so vortrefflich, daß Giglio in der ausgelassensten Freude dem Schneiderjungen, der ihn auskleiden geholfen, einen blanken Dukaten in die Hand drückte. Der Schneiderjunge bat, ihm statt dessen ein paar gute Paolis zu geben, da er gehört, daß das Gold der Theaterprinzen nichts tauge, und daß ihre Dukaten nur Knöpfe oder Rechenpfennige wären. Giglio warf den superklugen Jungen aber zur Türe hinaus.

692 Nachdem Giglio genugsam die schönsten unmutigsten Gesten vor dem Spiegel probiert, nachdem er sich auf die phantastischen Redensarten liebekranker Helden besonnen und die volle Überzeugung gewonnen, daß er total unwiderstehlich sei, begab er sich, als schon die Abenddämmerung einzubrechen begann, getrost nach dem Palast Pistoja.

Die unverschlossene Türe wich dem Druck seiner Hand, und er gelangte in eine geräumige Säulenflur, in der die Stille des Grabes herrschte. Als er verwundert ringsumher schaute, gingen aus dem tiefsten Hintergrunde seines Innern dunkle Bilder der Vergangenheit auf. Es war ihm, als sei er schon einmal hier gewesen, und da doch in seiner Seele sich durchaus nichts deutlich gestalten wollte, da alles Mühen, jene Bilder ins Auge zu fassen, vergebens blieb, da überfiel ihn ein Bangen, eine Beklommenheit, die ihm allen Mut benahm, sein Abenteuer weiter zu verfolgen.

Schon im Begriff, den Palast zu verlassen, wäre er vor Schreck beinahe zu Boden gesunken, als ihm plötzlich sein Ich, wie in Nebel gehüllt, entgegentrat. Bald gewahrte er indessen, daß das, was er für seinen Doppelgänger hielt, sein Bild war, das ihm ein dunkler Wandspiegel entgegenwarf. Doch in dem Augenblick war es ihm auch, als flüsterten hundert süße Stimmchen: »O Signor Giglio, wie seid Ihr doch so hübsch, so wunderschön!« – Giglio warf sich vor dem Spiegel in die Brust, erhob das Haupt, stemmte den linken Arm in die Seite und rief, indem er die Rechte erhob, pathetisch: »Mut, Giglio, Mut! dein Glück ist dir gewiß, eile, es zu erfassen« – Damit begann er auf und ab zu schreiten mit schärferen und schärferen Tritten, sich zu räuspern, zu husten; aber grabesstill blieb es, kein lebendiges Wesen ließ sich vernehmen. Da versuchte er diese und jene Türe, die in die Gemächer führen mußte, zu öffnen; alle waren fest verschlossen.

Was blieb übrig, als die breite Marmortreppe zu ersteigen, die an beiden Seiten der Flur sich zierlich hinaufwand?

693

Auf dem Obern Korridor, dessen Schmuck der einfachen Pracht des Ganzen entsprach, angekommen, war es dem Giglio, als vernehme er ganz aus der Ferne die Töne eines fremden, seltsam klingenden Instruments. – Behutsam schlich er weiter vor und bemerkte bald einen blendenden Strahl, der durch das Schlüsselloch der Türe ihm gegenüber in den Korridor fiel. Jetzt unterschied er auch, daß das, was er für den Ton eines unbekannten Instruments gehalten, die Stimme eines redenden Mannes war, die freilich gar verwunderlich klang, da es bald war, als würde eine Zimbel angeschlagen, bald, als würde eine tiefe dumpfe Pfeife geblasen. Sowie Giglio sich an der Türe befand, öffnete sie sich leise – leise von selbst. Giglio trat hinein und blieb festgewurzelt stehen im tiefsten Erstaunen –

Giglio befand sich in einem mächtigen Saal, dessen Wände mit purpurgesprenkeltem Marmor bekleidet waren, und aus dessen hoher Kuppel sich eine Ampel hinabsenkte, deren strahlendes Feuer alles mit glühendem Gold übergoß. Im Hintergrunde bildete eine reiche Draperie von Goldstoff einen Thronhimmel, unter dem auf einer Erhöhung von fünf Stufen ein vergoldeter Armsessel mit bunten Teppichen stand. Auf demselben saß jener kleine alte Mann mit langem weißen Bart, in einen Talar von Silberstoff gekleidet, der bei dem Einzuge der Prinzessin Brambilla in der goldgleißenden Tulpe den Wissenschaften oblag. So wie damals trug er einen silbernen Trichter auf dem ehrwürdigen Haupte: so wie damals saß eine ungeheure Brille auf seiner Nase; so wie damals las er, wiewohl jetzt mit lauter Stimme, die eben diejenige war, welche Giglio aus der Ferne vernommen, in einem großen Buche, das aufgeschlagen vor ihm auf dem Rücken eines knienden Mohren lag. An beiden Seiten standen die Strauße wie mächtige Trabanten und schlugen, einer um den andern, dem Alten, wenn er die Seite vollendet, mit den Schnäbeln das Blatt um.

Ringsumher im geschlossenen Halbkreis saßen wohl an hundert Damen, so wunderbar schön wie Feen und ebenso reich und herrlich gekleidet, wie diese bekanntlich einhergehen. Alle machten sehr emsig Filet. In der Mitte des Halbkreises, vor dem Alten, standen auf einem kleinen Altar von Porphyr, in der Stellung in tiefen Schlaf Versunkener, zwei kleine seltsame Püppchen mit Königskronen auf dem Haupte.

Als Giglio sich einigermaßen von seinem Erstaunen erholt, wollte er seine Gegenwart kundtun. Kaum hatte er aber auch nur den Gedanken gefaßt, zu sprechen, als er einen derben Faustschlag auf den Rücken erhielt. Zu seinem nicht geringen Schrecken wurde er jetzt erst die Reihe mit langen Spießen und kurzen Säbeln bewaffneter Mohren gewahr, in deren Mitte er stand, und die ihn mit funkelnden Augen anblitzten, mit elfenbeinernen Zähnen anfletschten. Giglio sah ein, daß Geduld üben hier das beste sei.

Das, was der Alte den Filet machenden Damen vorlas, lautete aber ungefähr wie folgt:

»Das feurige Zeichen des Wassermanns steht über uns, der Delphin schwimmt auf brausenden Wellen gen Osten und spritzt aus seinen Nüstern das reine Kristall in die dunstige Flut! – Es ist an der Zeit, daß ich zu euch rede von den großen Geheimnissen, die sich begaben, von dem wunderbaren Rätsel, dessen Auflösung euch rettet von unseligem Verderben. – Auf der Zinne des Turms stand der Magus Hermod und beobachtete den Lauf der Gestirne. Da schritten vier alte Männer, in Talare gehüllt, deren Farbe gefallnem Laube glich, durch den Wald auf den Turm los und erhoben, als sie an den Fuß des Turms gelangt, ein gewaltiges Wehklagen ›Höre uns! – Höre uns, großer Hermod! – Sei nicht taub für unser Flehen, erwache aus deinem tiefen Schlaf! – Hätten wir nur die Kraft, König Ophiochs Bogen zu spannen, so schössen wir dir einen Pfeil durch das Herz, wie er es getan, und du mußtest herabkommen

694

695

und dürftest da oben nicht im Sturmwinde stehen, wie ein unempfindlicher Klotz! – Aber, würdigster Greis, wenn du nicht aufwachen willst, so halten wir einiges Wurfgeschütz in Bereitschaft und wollen an deine Brust anpochen mit einigen mäßigen Steinen, damit sich das menschliche Gefühl rege, das darin verschlossen! – Erwache, herrlicher Greis!‹

Der Magus Hermod schaute herab, lehnte sich übers Geländer und sprach mit einer Stimme, die dem dumpfen Tosen des Meeres, dem Heulen des nahenden Orkans glich: ›Ihr Leute da unten, seid keine Esel! Ich schlafe nicht und darf nicht geweckt werden durch Pfeile und Felsenstücke. Beinahe weiß ich schon, was ihr wollt, ihr lieben Menschen! Wartet ein wenig, ich komme gleich herab. – Ihr könnt euch indessen einige Erdbeeren pflücken oder Haschemann spielen auf dem grasichten Gestein – ich komme gleich.‹

Als Hermod herabgekommen und Platz genommen auf einem großen Stein, den der weiche bunte Teppich des schönsten Mooses überzog, begann der von den Männern, der der älteste schien, da sein weißer Bart ihm bis an den Gürtel herabreichte, also: ›Großer Hermod, du weißt gewiß alles, was ich dir sagen will, schon im voraus besser als ich selbst; aber eben damit du erfahren mögest, daß ich es auch weiß, muß ich es dir sagen.‹ – ›Rede!‹ erwiderte Hermod ›rede, o Jüngling! Gern will ich dich anhören; denn das, was du eben sagtest, verrät, daß dir durchdringender Verstand beiwohnt, wo nicht tiefe Weisheit, unerachtet du kaum die Kinderschuhe vertreten.‹ – ›Ihr wißt‹, fuhr der Sprecher fort, ›Ihr wißt es, großer Magus, daß König Ophioch eines Tages im Rat, als eben die Rede davon war, daß jeder Vasall gehalten sein solle, jährlich eine bestimmte Quantität Witz zum Hauptmagazin alles Spaßes im Königreich beizusteuern, woraus bei eintretender Hungers- oder Durstnot die Armen verpflegt werden, plötzlich sprach: ›Der Moment, in dem der Mensch umfällt, ist der erste, in dem sein wahrhaftes Ich sich aufrichtet.‹ Ihr wißt es, daß König Ophioch, kaum hatte er diese Worte gesprochen, wirklich um fiel und nicht mehr aufstand, weil er gestorben war. Traf es sich nun, daß Königin Liris auch in demselben Augenblick die Augen geschlossen, um sie nie wieder zu öffnen, so geriet der Staatsrat, da es dem königlichen Paar an einiger Deszendenz gänzlich fehlte, wegen der Thronfolge in nicht geringe Verlegenheit. Der Hofastronom, ein sinnreicher Mann, fiel endlich auf ein Mittel, die weise Regierung das Königs Ophioch dem Lande noch auf lange Jahre zu erhalten. Er schlug nämlich vor, ebenso zu verfahren, wie es mit einem bekannten Geisterfürsten (König Salomo) geschah, dem, als er schon längst gestorben, die Geister noch lange gehorchten. Der Hoftischlermeister wurde, diesem Vorschlag gemäß, in den Staatsrat gezogen; der verfertigte ein zierliches Gestell von Buchsbaum, das wurde dem König Ophioch, nachdem sein Körper gehörige Speisung der trefflichsten Spezereien erhalten, unter den Steiß geschoben, so daß er ganz stattlich dasaß; vermöge eines geheimen Zuges, dessen Ende wie eine Glockenschnur im Konferenzzimmer des großen Rats herabhing, wurde aber sein Arm regiert, so daß er das Zepter hin und her schwenkte. Niemand zweifelte, daß König Ophioch lebe und regiere. Wunderbares trug sich aber nun mit der Urdarquelle zu. Das Wasser des Sees, den sie gebildet, blieb hell und klar; doch statt daß sonst alle diejenigen, die hineinschauten, eine besondere Lust empfanden, gab es jetzt viele, welche, indem sie die ganze Natur und sich selbst darin erblickten, darüber in Unmut und Zorn gerieten, weil es aller Würde, ja allem Menschenverstande, aller mühsam erworbenen Weisheit entgegen sei, die Dinge und vorzüglich das eigne Ich verkehrt zu schauen. Und immer mehrere und mehrere wurden derer, die zuletzt behaupteten, daß die Dünste des hellen Sees den Sinn betörten und den schicklichen Ernst

697 umwandelten in Narrheit. Im Ärger warfen sie nun allerlei garstiges Zeug in den See, so daß er seine Spiegelhelle verlor und immer trüber und trüber wurde, bis er zuletzt einem garstigen Sumpfe glich. Dies, o weiser Magus, hat viel Unheil über das Land gebracht; denn die vornehmsten Leute schlagen sich jetzt ins Gesicht und meinen denn, das sei die wahre Ironie der Weisen. Das größte Unheil ist aber gestern geschehen, da es dem guten König Ophioch ebenso ergangen wie jenem Geisterfürsten. Der böse Holzwurm hatte unbemerkt das Gestell zernagt, und plötzlich stürzte die Majestät im besten Regieren um, vor den Augen vieles Volks, das sich in den Thronsaal gedrängt, so daß nun sein Hinscheiden nicht länger zu verbergen. Ich selbst, großer Magus, zog gerade die Zepterschnure, welche, als die Majestät umstülpte, mir im Zerreißen dermaßen ins Gesicht schnellte, daß ich dergleichen Schnurziehen auf zeitlebens satt bekommen. – Du hast, o weiser Hermod, dich immer des Landes Urdargarten getreulich angenommen; sage, was fangen wir an, daß ein würdiger Thronfolger die Regierung übernehme und der Urdarsee wieder hell und klar werde?‹ – Der Magus Hermod versank in tiefes Nachdenken, dann aber sprach er: ›Harret neunmal neun Nächte, dann entblüht aus dem Urdarsee die Königin des Landes! Unterdessen regiert aber das Land, so gut ihr es vermöget!‹ Und es geschah, daß feurige Strahlen aufgingen

über dem Sumpf, der sonst die Urdarquelle gewesen. Das waren aber die Feuergeister, die mit glühenden Augen hineinblickten, und aus der Tiefe wühlten sich die Erdgeister herauf. Aus dem trocken gewordenen Boden blühte aber eine schöne Lotusblume empor, in deren Kelch ein holdes schlummerndes Kind lag. Das war die Prinzessin Mystilis, die von jenen vier Ministern, die die Kunde von dem Magus Hermod geholt hatten, behutsam aus ihrer schönen Wiege herausgenommen und zur Regentin des Landes erhoben wurde. – Die gedachten vier Minister übernahmen die Vormundschaft über die Prinzessin und suchten das liebe Kind so zu hegen und zu pflegen, als es nur in ihrer Macht stand. In großen Kummer versanken sie aber, als die Prinzessin, da sie nun so alt geworden, um gehörig sprechen zu können, eine Sprache zu reden begann, die niemand verstand. Von weit und breit her wurden Sprachkundige verschrieben, um die Sprache der Prinzessin zu erforschen, aber das böse entsetzliche Verhängnis wollte, daß die Sprachkundigen, je gelehrter, je weiser sie waren, desto weniger die Reden des Kindes verstanden, die noch dazu ganz verständig und verständlich klangen. Die Lotosblume hatte indessen ihren Kelch wieder geschlossen; um sie her sprudelte aber in kleinen Quellchen der Kristall des reinsten Wassers empor. Darüber hatten die Minister große Freude; denn sie konnten nicht anders glauben, als daß statt des Sumpfs bald wieder der schöne Wasserspiegel der Urdarquelle aufleuchten werde. Wegen der Sprache der Prinzessin beschlossen die weisen Minister, sich, was sie schon längst hätten tun sollen, von dem Magus Hermod Rat zu holen. – Als sie in das schaurige Dunkel des geheimnisvollen Waldes getreten, als schon das Gestein des Turms durch das dichte Gesträuch blickte, stießen sie auf einen alten Mann, der, nachdenklich in einem großen Buche lesend, auf einem Felsstück saß, und den sie für den Magus Hermod erkennen mußten. Der Kühle des Abends wegen hatte Hermod einen schwarzen Schlafrock umgeworfen und eine Zobelmütze aufgesetzt, welches ihn zwar nicht übel kleidete, ihm aber doch ein fremdartiges, etwas finsteres Ansehen gab. Auch schien es den Ministern, als sei Hermods Bart etwas in Unordnung geraten; denn er glich struppigem Buschwerk. Als die Minister demütiglich ihr Anliegen vorgebracht hatten, erhob sich Hermod, blitzte sie mit solch einem entsetzlich funkelnden Blick an, daß sie beinahe stracks in die Knie gesunken wären, und schlug dann eine Lache auf, die durch den ganzen Wald dröhnte und gellte, so daß die Tiere verschüchtert, fliehend durch die Büsche rauschten und das Geflügel, wie in Todesangst aufkreischend, emporbrauste aus dem Dickicht! Den Ministern, die den Magus Hermod in dieser etwas verwilderten Stimmung niemals gesehen und gesprochen, wurde nicht wohl zumute; indessen harrten sie in ehrfurchtsvollem Schweigen dessen, was der große Magus beginnen werde. Der Magus setzte sich aber wieder auf den großen Stein, schlug das Buch auf und las mit feierlicher Stimme:

›Es liegt ein schwarzer Stein in dunkler Halle,
Wo einst das Königspaar, von Schlaf befangen,
Den stummen bleichen Tod auf Stirn und Wangen,
Geharrt der Zauberkunde mächt'gem Schalle!

Und unter diesem Steine tief begraben
Liegt, was zu aller Lebenslust erkoren
Für Mystilis, aus Blüt' und Blum' geboren,
Aufstrahlt für sie, die köstlichste der Gaben.

Der bunte Vogel fängt sich dann in Netzen,
Die Feenkunst mit zarter Hand gewoben.
Verblendung weicht, die Nebel sind zerstoben
Und selbst der Feind muß sich zum Tod verletzen!

Zum bessern Hören spitzet dann die Ohren!
Zum bessern Schauen nehmt die Brill' vor Augen,
Wollt ihr Minister sein, was rechtes taugen!
Doch, bleibt ihr Esel, seid ihr rein verloren!‹

Damit klappte der Magus das Buch mit solcher Gewalt zu, daß es erklang wie ein starker Donnerschlag und sämtliche Minister rücklings überstürzten. Da sie sich erholt hatten, war der Magus verschwunden. Sie wurden darüber einig, daß man um des Vaterlandes Wohls willen viel leiden müsse; denn sonst sei es ganz unausstehlich, daß der grobe Kumpan von Sterndeuter und Zauberer die vortrefflichsten Stützen des Staats heute schon zum zweitenmal Esel genannt. Übrigens erstaunten sie selbst über die Weisheit, mit der sie das Rätsel des Magus durchschauten. In Urdargarten angekommen, gingen sie augenblicklich in die Halle, wo König Ophioch und Königin Liris dreizehnmal dreizehn Monden schlafend zugebracht, hoben den schwarzen Stein auf, der in der Mitte des Fußbodens

700

eingefugt, und fanden in tiefer Erde ein kleines gar herrlich geschnitztes Kästchen von dem schönsten Elfenbein. *Das* gaben sie der Prinzessin Mystilis in die Hände, die augenblicklich eine Feder andrückte, so daß der Deckel aufsprang und sie das hübsche zierliche Filetzeug herausnehmen konnte, das in dem Kästchen befindlich. Kaum hatte sie aber das Filetzeug in Händen, als sie laut auflachte vor Freuden und dann ganz vernehmlich sprach: ›Großmütterlein hatte es mir in die Wiege gelegt; aber ihr Schelme habt mir das Kleinod gestohlen und hättet mir's nicht wieder gegeben, wärt ihr nicht auf die Nase gefallen im Walde!‹ – Darauf begann die Prinzessin sogleich auf das emsigste Filet zu machen. Die Minister schickten sich, ganz Entzücken, schon an, einen gemeinschaftlichen Freudensprung zu verführen, als die Prinzessin plötzlich erstarrte und zusammenschrumpfte zum kleinen niedlichen Porzellan-Püppchen. War erst die Freude der Minister groß gewesen, so war es auch nun um desto mehr ihr Jammer. Sie weinten und schluchzten so sehr, daß man es im ganzen Palast hören konnte, bis einer von ihnen plötzlich, in Gedanken vertieft, einhielt, sich mit den beiden Zipfeln seines Talars die Augen trocknete und also sprach: ›Ministers – Kollegen – Kameraden – beinahe glaub' ich, der große Magus hat recht, und wir sind – nun mögen wir sein, was wir wollen! – Ist denn das Rätsel aufgelöst? – ist denn der bunte Vogel gefangen? – Der Filet, das ist das Netz, von zarter Hand gewoben, in dem er sich fangen muß.‹ Auf Befehl der Minister wurden nun die schönsten Damen des Reichs, wahre Feen an Reiz und Anmut, im Palast versammelt, welche im prächtigsten Schmuck unablässig Filet machen mußten. – Doch was half es? Der bunte Vogel ließ sich nicht blicken; die Prinzessin Mystilis blieb ein Porzellan-Püppchen, die sprudelnden Quellen des Urdarbrunnens trockneten immer mehr ein, und alle Vasallen des Reichs versanken in den bittersten Unmut. Da geschah es, daß die vier Minister, der Verzweiflung nahe, sich hinsetzten an den Sumpf, der sonst der schöne spiegelhelle Urdarsee gewesen, in lautes Wehklagen ausbrachen und in den rührendsten Redensarten den Magus Hermod anflehten, sich ihrer und des armen Urdarlandes zu erbarmen. Ein dumpfes Stöhnen stieg aus der Tiefe, die Lotosblume öffnete den Kelch, und empor aus ihm erhob sich der Magus Hermod, der mit zürnender Stimme also sprach: ›Unglückliche! – Verblendete! – Nicht ich war es, mit dem ihr im Walde sprachet; es war der böse Dämon, Typhon selbst war es, der euch in schlimmem Zauberspiel geneckt, der das unselige Geheimnis des Filetkästchens hinaufbeschworen hat! – Doch sich selbst zum Tort hat er mehr Wahrheit gesprochen, als er wollte. Mögen die zarten Hände feeischer Damen Filet machen, mag der bunte Vogel gefangen werden; aber vernehmt das eigentliche Rätsel, dessen Lösung auch die Verzauberung der Prinzessin löst‹.« –

So weit hatte der Alte gelesen, als er innehielt, sich von seinem Sitze erhob und zu den kleinen Püppchen, die auf dem Porphyr-Altar in der Mitte des Kreises standen, also sprach:

»Gutes vortreffliches Königspaar, teurer Ophioch, verehrteste Liris, verschmäht es nicht länger, uns zu folgen auf der Pilgerfahrt in dem bequemen Reiseanzug, den ich euch gegeben! – Ich, euer Freund Ruffiamonte, werde erfüllen, was ich versprach!«

Dann schaute Ruffiamonte im Kreise der Damen umher und sprach: »Es ist nun an der Zeit, daß ihr das Gespinst beiseite legt und den geheimnisvollen Spruch des großen Magus Hermod sprecht, wie er ihn gesprochen aus dem Kelch der wunderbaren Lotosblume heraus.«

Während nun Ruffiamonte mit einem silbernen Stabe den Takt schlug mit heftigen Schlägen, die laut schallend auf das offne Buch niederfielen, sprachen die Damen, die ihre Sitze verlassen und einen dichteren Kreis um den Magus geschlossen, im Chor folgendes:

»Wo ist das Land, des blauer Sonnenhimmel
Der Erde Lust in reicher Blüt’ entzündet?
Wo ist die Stadt, wo lustiges Getümmel
In schönster Zeit den Ernst vom Ernst entbindet?
Wo gaukeln froh der Phantasei Gestalten
In bunter Welt, die klein zum Ei gerundet?
Wo mag die Macht anmut’gen Spukes walten?
Wer ist der Ich, der aus dem Ich gebären
Das Nicht-Ich kann, die eigne Brust zerspalten
Und schmerzlos hoch Entzücken mag bewähren?

Das Land, die Stadt, die Welt, das Ich, gefunden
Ist alles das, erschaut in voller Klarheit
Das Ich die Welt, der keck es sich entwunden,
Umwandelt des betörten Sinnes Narrheit,
Trifft ihn der bleichen Unlust matter Tadel,
Der innre Geist in kräft’ge Lebenswahrheit,
Erschleußt das Reich die wunderbare Nadel

Des Meisters, gibt in schelmisch tollem Necken
Dem, was nur niedrig schien, des Herrschers Adel
Der, der das Paar aus süßem Traum wird wecken.

Dann Heil dem schönen fernen Urdarlande!
Gereinigt, spiegelhell erglänzt sein Bronnen,
Zerrissen sind des Dämons Kettenbande,
Und aus der Tiefe steigen tausend Wonnen.
Wie will sich jede Brust voll Inbrunst regen?
In hohe Lust ist jede Qual zerronnen.
Was strahlt dort in des dunklen Waldes Wegen?
Ha, welch ein Jauchzen aus der Fern' ertönet!
Die Königin, sie kommt! – auf, ihr entgegen!
Sie fand das Ich! und Hermod ist versöhnet!« –

703

Jetzt erhoben die Strauße und die Mohren ein verwirrtes Geschrei, und
dazwischen quiekten und piepten noch viele andre seltsame Vogelstimmen.
Stärker als alle schrie aber Giglio, der, wie aus einer Betäubung erwacht,
plötzlich alle Fassung gewonnen, und dem es nun war, als sei er in irgendeinem burlesken Schauspiel: »Um tausend Gotteswillen! was ist denn das?
Hört doch nur endlich auf mit dem tollen verrückten Zeuge! Seid doch
vernünftig, sagt mir doch nur, wo ich die durchlauchtige Prinzessin finde,
die hochherrliche Brambilla! Ich bin Giglio Fava, der berühmteste
Schauspieler auf der Erde, den die Prinzessin Brambilla liebt und zu hohen
Ehren bringen wird – So hört mich doch nur! Damen, Mohren, Strauße,
laßt euch nicht albernes Zeug vorschwatzen! Ich weiß das alles besser als
der Alte dort; denn ich bin der weiße Mohr und kein andrer!«
Sowie die Damen endlich den Fava gewahr wurden, erhoben sie ein
langes durchdringendes Gelächter und fuhren auf ihn los. Selbst wußte
Giglio nicht, warum ihn auf einmal eine schreckliche Angst überfiel und
er mit aller Mühe suchte den Damen auszuweichen. Unmöglich könnt'
ihm das gelingen, wäre es ihm nicht geglückt, indem er den Mantel aus-
einanderspreizte, emporzuflattern in die hohe Kuppel des Saals. Nun
scheuchten die Damen ihn hin und her und warfen mit großen Tüchern
nach ihm, bis er ermattet niedersank. Da warfen die Damen ihm aber
ein Filetnetz über den Kopf, und die Strauße brachten ein stattliches
goldnes Bauer herbei, worein Giglio ohne Gnade gesperrt wurde. In dem

Augenblick erlosch die Ampel, und alles war wie mit einem Zauberschlag verschwunden.

Da das Bauer an einem großen geöffneten Fenster stand, so konnte Giglio hinabschauen in die Straße, die aber, da das Volk eben nach den Schauspielhäusern und Osterien geströmt, ganz öde und menschenleer war, so daß der arme Giglio, hineingepreßt in das enge Behältnis, sich in trostloser Einsamkeit befand. »Ist das«, so brach er wehklagend los, »ist das das geträumte Glück? Verhält es sich so mit dem zarten wunderbaren Geheimnis, das in dem Palast Pistoja verschlossen? – Ich habe sie gesehen, die Mohren, die Damen, den kleinen alten Tulpenkerl, die Strauße, wie sie hineingezogen sind durch das enge Tor; nur die Maulesel fehlten und die Federpagen! – Aber Brambilla war nicht unter ihnen – nein, es ist nicht hier, das holde Bild meines sehnsüchtigen Verlangens, meiner Liebesinbrunst! – O Brambilla! – Brambilla! – Und in diesem schnöden Kerker muß ich elendiglich verschmachten und werde nimmermehr den weißen Mohren spielen! – O! O! – O!«

»Wer lamentiert denn da oben so gewaltig?« – So rief es von der Straße herauf. Giglio erkannte augenblicklich die Stimme des alten Ciarlatano, und ein Strahl der Hoffnung fiel in seine beängstete Brust.

»Celionati«, sprach Giglio ganz beweglich herab, »teurer Signor Celionati, seid Ihr es, den ich dort im Mondschein erblicke? – Ich sitze hier im Bauer, in einem trostlosen Zustande. – Sie haben mich hier eingesperrt wie einen Vogel! – O Gott! Signor Celionati. Ihr seid ein tugendhafter Mann, der den Nächsten nicht verläßt; Euch stehen wunderbare Kräfte zu Gebote, helft mir, ach, helft mir aus meiner verfluchten peinlichen Lage! – O Freiheit, goldne Freiheit, wer schätzt dich mehr als der, der im Käfig sitzt, sind seine Stäbe auch von Gold?« – Celionati lachte laut auf, dann aber sprach er: »Seht, Giglio, das habt Ihr alles Eurer verfluchten Narrheit, Euern tollen Einbildungen zu verdanken! – Wer heißt Euch in abgeschmackter Mummerei den Palast Pistoja betreten? Wie möget Ihr

Euch einschleichen in eine Versammlung, zu der Ihr nicht geladen?« – »Wie?« rief Giglio, »den schönsten aller Anzüge, den einzigen, in dem ich mich vor der angebeteten Prinzessin würdig zeigen konnte, den nennt Ihr abgeschmackte Mummerei?« – »Eben«, erwiderte Celionati, »eben Euer schöner Anzug ist schuld daran, daß man Euch so behandelt hat.« – »Aber bin ich denn ein Vogel?« rief Giglio voll Unmut und Zorn. »Allerdings«, fuhr Celionati fort, »haben die Damen Euch für einen Vogel gehalten, und zwar für einen solchen, auf dessen Besitz sie ganz versessen

sind, nämlich für einen Gelbschnabel!« – »O Gott!« sprach Giglio ganz
außer sich, »ich, der Giglio Fava, der berühmte tragische Held, der weiße
Mohr! – ich ein Gelbschnabel!« – »Nun, Signor Giglio«, rief Celionati,
»faßt nur Geduld, schlaft, wenn Ihr könnt, recht sanft und ruhig! Wer
weiß, was der kommende Tag Euch Gutes bringt!« – »Habt Barmherzigkeit«, schrie Giglio, »habt Barmherzigkeit, Signor Celionati, befreit mich
aus diesem verfluchten Kerker! Nimmermehr betret' ich wieder den ver-
wünschten Palast Pistoja.« – »Eigentlich«, erwiderte der Ciarlatano, »eigentlich habt Ihr es gar nicht um mich verdient, daß ich mich Eurer
annehme, da Ihr alle meine guten Lehren verschmäht und Euch meinem
Todfeinde, dem Abbate Chiari, in die Arme werfen wollt, der Euch, Ihr
möget es nur wissen, durch schnöde Afterverse, die voll Lug und Trug
sind, in dies Unglück gestürzt hat. Doch – Ihr seid eigentlich ein gutes
Kind, und ich bin ein ehrlicher weichmütiger Narr, das hab' ich schon
oft bewiesen; darum will ich Euch retten. Ich hoffe dagegen, daß Ihr mir
morgen eine neue Brille und ein Exemplar des assyrischen Zahns abkaufen
werdet.« – »Alles kaufe ich Euch ab, was Ihr wollt; nur Freiheit, Freiheit
schafft mir! Ich bin schon beinahe erstickt!« – So sprach Giglio, und auf
einer unsichtbaren Leiter stieg der Ciarlatano zu ihm herauf, öffnete eine
große Klappe des Käfichts; durch die Öffnung drängte mit Mühe sich
der unglückselige Gelbschnabel.

Doch in dem Augenblick erhob sich im Palast ein verwirrtes Getöse,
und widerwärtige Stimmen quiekten und plärrten durcheinander. »Alle
Geister!« rief Celionati, »man merkt Eure Flucht, Giglio, macht, daß Ihr
fortkommt!« Mit der Kraft der Verzweiflung drängte sich Giglio vollends
durch, warf sich rücksichtslos auf die Straße, raffte sich, da er durchaus
nicht den mindesten Schaden genommen, auf und rannte in voller Furie
von dannen.

»Ja«, rief er ganz außer sich, als er, in seinem Stübchen angekommen,
den närrischen Anzug erblickte, in dem er mit seinem Ich gekämpft; »ja,
der tolle Unhold, der dort körperlos liegt, das ist mein Ich, und diese
prinzlichen Kleider, die hat der finstre Dämon dem Gelbschnabel gestohlen und mir anvexiert, damit die schönsten Damen in unseliger Täuschung
mich selbst für den Gelbschnabel halten sollen! – Ich rede Unsinn, ich
weiß es; aber das ist recht, denn ich bin eigentlich toll geworden, weil
der Ich keinen Körper hat. – Ho ho! frisch darauf, frisch darauf, mein
liebes holdes Ich!« – Damit riß er sich wütend die schönen Kleider vom
Leibe, fuhr in den tollsten aller Maskenanzüge und lief nach dem Korso.

Alle Lust des Himmels durchströmte ihn aber, als eine anmutige Engelsgestalt von Mädchen, das Tamburin in der Hand, ihn zum Tanz aufforderte.

Die Kupfertafel, die diesem Kapitel beigeheftet, zeigt diesen Tanz des Giglio mit der unbekannten Schönen; was sich aber ferner dabei begab, wird der geneigte Leser im folgenden Kapitel erfahren.

707

# Sechstes Kapitel

*Wie einer tanzend zum Prinzen wurde, ohnmächtig einem Charlatan in die Arme sank und dann beim Abendessen an den Talenten seines Kochs zweifelte. – Liquor anodynus und großer Lärm ohne Ursache. – Ritterlicher Zweikampf der in Lieb' und Wehmut versunkenen Freunde und dessen tragischer Ausgang. – Nachteil und Unschicklichkeit des Tabakschnupfens. – Freimaurerei eines Mädchens und neu erfundener Flugapparat. – Wie die alte Beatrice eine Brille aufsetzte und wieder herunternahm von der Nase.*

*Sie.* Drehe dich, drehe dich stärker, wirble rastlos fort, lustiger toller Tanz! – Ha, wie so blitzesschnell alles vorüberflieht! Keine Ruhe, kein Halt! – Mannigfache bunte Gestalten knistern auf wie sprühende Funken eines Feuerwerks und verschwinden in die schwarze Nacht hinein. – Die Lust jagt nach der Lust und kann sie nicht erfassen, und darin besteht ja eben wieder die Lust. – Nichts ist langweiliger, als, festgewurzelt in den Boden, jedem Blick, jedem Wort Rede stehen zu müssen! Möcht' deshalb keine Blume sein; viel lieber ein goldner Käfer, der dir um den Kopf schwirrt und sumset, daß du vor dem Getöse deinen eignen Verstand nicht zu vernehmen vermagst! Wo bleibt aber auch überhaupt der Verstand, wenn die Strudel wilder Lust ihn fortreißen? Bald zu schwer, zerreißt er die Fäden und versinkt in den Abgrund; bald zu leicht, fliegt er mit auf in den dunst'gen Himmelskreis. Es ist nicht möglich, im Tanz einen recht verständigen Verstand zu behaupten; darum wollen wir ihn lieber, solange unsere Touren, unsere Pas fortdauern, ganz aufgeben. – Und darum mag ich dir auch gar nicht Rede stehen, du schmucker, flinker Geselle! – Sieh, wie, dich umkreisend, ich dir entschlüpfe in dem Augenblick, da du mich zu erhaschen, mich festzuhalten gedachtest! – Und nun! – und nun wieder! –

*Er.* Und doch! – nein, verfehlt! – Aber es kommt nur darauf an, daß man im Tanz das rechte Gleichgewicht zu beobachten, zu behalten versteht. – Darum ist es nötig, daß jeder Tänzer etwas zur Hand nehme, als Äquilibrierstange; und darum will ich mein breites Schwert ziehen und es in den Lüften schwenken. – So! – Was hältst du von diesem Sprunge, von dieser Stellung, bei der ich mein ganzes Ich dem Schwerpunkt meiner linken Fußspitze anvertraue? – Du nennst das närrischen Leichtsinn; aber

708

das ist eben der Verstand, von dem du nichts hältst, unerachtet man ohne denselben nichts versteht, und auch das Äquilibrium, das zu manchen Dingen nütze! – Aber wie? – von bunten Bändern umflattert, wie ich, auf der linken Fußspitze schwebend, das Tamburin hoch emporgehoben, verlangst du, ich solle mich begeben alles Verständes, alles Äquilibriums? – Ich werfe dir meinen Mantelzipfel zu, damit du geblendet, strauchelnd mir in die Arme fällst! – Doch nein, nein! – sowie ich dich erfaßte, wärst du ja nicht mehr – schwändest hin in nichts! Wer bist du denn, geheimnisvolles Wesen, das, aus Luft und Feuer geboren, der Erde angehört und verlockend hinausschaut aus dem Gewässer! – Du kannst mir nicht entfliehen. Doch – du willst hinab, ich wähne dich festzuhalten, da schwebst du auf in die Lüfte. Bist du wirklich der wackre Elementargeist, der das Leben entzündet zum Leben? – Bist du die Wehmut, das brünstige Verlangen, das Entzücken, die Himmelslust des Seins? – Aber immer dieselben Pas – dieselben Touren! Und doch, Schönste, bleibt ewig neu dein Tanz, und das ist gewiß das Wunderbarste an dir. –

*Das Tamburin.* Wenn du, o Tänzer, mich so durcheinander klappern, klirren, klingen hörst, so meinst du entweder, ich wollte dir was weismachen mit allerlei dummem einfältigen Gewäsche, oder ich wäre ein tölpisch Ding, das Ton und Takt deiner Melodien nicht fassen könnte, und doch bin ich es allein, was dich in Ton und Takt hält. Darum horche – horche – horche auf mich!

*Das Schwert.* Du meinst, o Tänzerin, daß, hölzern, dumpf und stumpf, takt- und tonlos, ich dir nichts nützen kann. Aber wisse, daß es nur meine Schwingungen sind, denen der Ton, der Takt deines Tanzes entschwebt. – Ich bin Schwert und Zither und darf die Luft verwunden mit Sang und Klang, Hieb und Stoß. – Und ich halte dich in Ton und Takt; darum horche – horche – horche auf mich! –

*Sie.* Wie immer höher der Einklang unseres Tanzes steigt! – Ei, welche Schritte, welche Sprünge! – Stets gewagter – stets gewagter, und doch gelingt's, weil wir uns immer besser auf den Tanz verstehen!

*Er.* Ha! wie tausend funkelnde Feuerkreise uns umzingeln! Welche Lust! – Stattliches Feuerwerk, nimmer kannst du verpuffen; denn dein Material ist ewig, wie die Zeit. – Doch – halt – halt; ich brenne – ich falle ins Feuer. –

*Tamburin* und *Schwert.* Haltet euch fest – haltet euch fest an uns, Tänzer!

*Sie* und *Er*. Weh mir – Schwindel – Strudel – Wirbel – erfaßt uns – hinab! –

– – So lautete Wort für Wort der wunderliche Tanz, den Giglio Fava mit der Schönsten, die doch niemand anders sein konnte, als die Prinzessin Brambilla selbst, auf die anmutigste Weise durchtanzte, bis ihm in dem Taumel der jauchzenden Lust die Sinne schwinden wollten. Das geschah aber nicht; vielmehr war es dem Giglio, da Tamburin und Schwert nochmals ermahnten, sich festzuhalten, als sänke er der Schönsten in die Arme. Und auch dieses geschah nicht; wem er an der Brust lag, war keinesweges die Prinzessin, sondern der alte Celionati.

710

»Ich weiß nicht«, begann Celionati, »ich weiß nicht, mein bester Prinz (denn trotz Eurer absonderlichen Vermummung habe ich Euch auf den ersten Blick erkannt), wie Ihr dazu kommt, Euch auf solch grobe Weise täuschen zu lassen, da Ihr doch sonst ein gescheiter vernünftiger Herr seid. Gut nur, daß ich gerade hier stand und Euch in meinen Armen auffing, als die lose Dirne gerade im Begriff stand, Euch, Euern Schwindel benutzend, zu entführen.«

»Ich danke Euch«, erwiderte Giglio, »ich danke Euch recht sehr für Euren guten Willen, bester Signor Celionati; aber was Ihr da sprecht von grober Täuschung, verstehe ich ganz und gar nicht, und es tut mir nur leid, daß der fatale Schwindel mich verhinderte, den Tanz mit der Holdesten, schönsten aller Prinzessinnen, der mich ganz glücklich gemacht hätte, zu vollenden.«

»Was sagt«, fuhr Celionati fort, »was sagt Ihr? – Glaubt Ihr denn wohl, daß das wirklich die Prinzessin Brambilla war, die mit Euch tanzte? – Nein! – Darin liegt eben der schnöde Betrug, daß die Prinzessin Euch eine Person gemeinen Standes unterschob, um desto ungestörter anderm Liebeshandel nachhängen zu können.« – »Wäre es möglich«, rief Giglio, »daß ich getäuscht werden konnte? –«

»Bedenkt«, sprach Celionati weiter, »bedenkt, daß, wenn Eure Tänzerin wirklich die Prinzessin Brambilla gewesen wäre, wenn Ihr glücklich Euren Tanz beendigt hättet, in demselben Augenblick der große Magus Hermod erschienen sein müßte, um Euch mit Eurer hohen Braut einzuführen in Euer Reich.«

»Das ist wahr«, erwiderte Giglio; »aber sagt mir, wie alles sich begab, mit wem ich eigentlich tanzte!«

»Ihr sollt«, sprach Celionati, »Ihr müßt alles erfahren. Doch, ist es Euch recht, so begleite ich Euch in Euern Palast, um dort ruhiger mit Euch, o fürstlicher Herr, reden zu können.«

»Seid«, sprach Giglio, »seid so gut, mich dorthin zu führen! denn gestehen muß ich Euch, daß mich der Tanz mit der vermeintlichen Prinzessin dermaßen angegriffen hat, daß ich wandle wie im Traum und in Wahrheit augenblicklich nicht weiß, wo hier in unserm Rom mein Palast gelegen.« – »Kommt nur mit mir, gnädigster Herr!« rief Celionati, indem er den Giglio beim Arm ergriff und mit ihm von dannen schritt.

Es ging schnurgerade los auf den Palast Pistoja. Schon auf den Marmorstufen des Portals stehend, schaute Giglio den Palast an von oben bis unten und sprach darauf zu Celionati: »Ist das wirklich mein Palast, woran ich gar nicht zweifeln will, so sind mir wunderliche Wirtsleute über den Hals gekommen, die da oben in den schönsten Sälen tolle Wirtschaft treiben und sich gebärden, als gehöre ihnen das Haus und nicht mir. Kecke Frauenzimmer, die sich herausgeputzt mit fremdem Staat, halten vornehme verständige Leute – und, mögen mich die Heiligen schützen, ich glaube, mir selbst, dem Wirt des Hauses, ist es geschehen – für den seltenen Vogel, den sie fangen müssen in Netzen, die die Feenkunst mit zarter Hand gewoben, und das verursacht denn große Unruhe und Störung. Mir ist es, als wär' ich hier eingesperrt gewesen in ein schnödes Gebauer; darum möcht' ich nicht gern wieder hinein. Wär's möglich, bester Celionati, daß für heute mein Palast anderswo liegen könnte, so würd' es mir ganz angenehm sein.«

»Euer Palast, gnädigster Herr!« erwiderte Celionati, »kann nun einmal nirgends anders liegen als eben hier, und es würde gegen allen Anstand laufen, umzukehren in ein fremdes Haus. Ihr dürft, o mein Prinz, nur daran denken, daß alles, was wir treiben, und was hier getrieben wird, nicht wahr, sondern ein durchaus erlogenes Capriccio ist, und Ihr werdet von dem tollen Volke, das dort oben sein Wesen treibt, nicht die mindeste

Inkommodität erfahren. Schreiten wir getrost hinein!«

»Aber sagt mir«, rief Giglio, den Celionati, der die Türe öffnen wollte, zurückhaltend, »aber sagt mir, ist denn nicht die Prinzessin Brambilla mit dem Zauberer Ruffiamonte und einem zahlreichen Gefolge an Damen, Pagen, Straußen und Eseln hier eingezogen?«

»Allerdings«, erwiderte Celionati; »doch kann das Euch, der Ihr doch den Palast wenigstens ebensogut besitzt, wie die Prinzessin, nicht abhalten, ebenfalls einzukehren, geschieht es auch vor der Hand in aller Stille. Ihr werdet Euch bald darin ganz heimatlich befinden.«

Damit öffnete Celionati die Türe des Palastes und schob den Giglio vor sich hinein. Es war im Vorsaal alles ganz finster und grabesstill; doch erschien, als Celionati leise an eine Türe klopfte, bald ein kleiner sehr angenehmer Pulcinell mit brennenden Kerzen in den Händen.

»Irr' ich nicht«, sprach Giglio zu dem Kleinen, »irr' ich nicht, so habe ich schon die Ehre gehabt, Euch zu sehn, bester Signor, auf dem Kutschendeckel der Prinzessin Brambilla.« – »So ist es«, erwiderte der Kleine; »ich war damals in den Diensten der Prinzessin, bin es gewissermaßen noch jetzt, doch vorzüglich der unwandelbare Kammerdiener Eures gnädigsten Ichs, bester Prinz!«

Pulcinella leuchtete die beiden Ankömmlinge hinein in ein prächtiges Zimmer und zog sich dann bescheiden zurück, bemerkend, daß er überall, wo und wenn es der Prinz befehle, auf den Druck einer Feder sogleich hervorspringen werde; denn, unerachtet er hier im untern Stock der einzige in Liverei gesteckte Spaß sei, so ersetze er doch eine ganze Dienerschaft vermöge seiner Keckheit und Beweglichkeit.

»Ha!« rief Giglio, sich in dem reich und prächtig geschmückten Zimmer umschauend, »ha! nun erkenne ich erst, daß ich wirklich in meinem Palast, in meinem fürstlichen Zimmer bin. Mein Impresario ließ es malen, blieb das Geld schuldig und gab dem Maler, als er ihn mahnte, eine Ohrfeige, worauf der Maschinist den Impresario mit einer Furienfackel abprügelte! – Ja! – ich bin in meiner fürstlichen Heimat! – Doch Ihr wolltet mich wegen des Tanzes aus fürchterlicher Täuschung reißen, bester Signor Celionati. Redet, ich bitte, redet! Aber nehmen wir Platz!« –

Nachdem beide, Giglio und Celionati, auf weichen Polstern sich niedergelassen, begann dieser: »Wißt, mein Fürst, daß diejenige Person, die man Euch unterschob statt der Prinzessin, niemand anders ist, als eine artige Putzmacherin, Giacinta Soardi geheißen!«

»Ist es möglich?« rief Giglio. – »Aber mich dünkt, dies Mädchen hat zum Liebhaber einen miserablen bettelarmen Komödianten, Giglio Fava?« – »Allerdings«, erwiderte Celionati; »doch könnt Ihr es Euch wohl denken, daß eben diesem miserablen bettelarmen Komödianten, diesem Theaterprinzen die Prinzessin Brambilla nachläuft auf Stegen und Wegen und eben nur darum Euch die Putzmacherin entgegenstellt, damit Ihr vielleicht gar in tollem wahnsinnigen Mißverständnis Euch verlieben in diese und sie abwendig machen sollt dem Theaterhelden?«

»Welch ein Gedanke«, sprach Giglio, »welch ein freveliger Gedanke! – Aber glaubt es mir, Celionati, es ist nur ein böser dämonischer Zauber, der alles verwirrt und toll durcheinanderjagt, und diesen Zauber zerstöre ich mit diesem Schwert, das ich mit tapfrer Hand führen und jenen Elenden vernichten werde, der sich untersteht, es zu dulden, daß meine Prinzessin ihn liebt.«

»Tut das«, erwiderte Celionati mit schälkischem Lachen, »tut das, bester Prinz! Mir selbst ist viel daran gelegen, daß der alberne Mensch je eher, desto besser aus dem Wege geräumt wird.«

Jetzt dachte Giglio an Pulcinella und an die Dienste, zu denen er sich erboten. Er drückte daher an irgendeine verborgene Feder; Pulcinella sprang alsbald hervor, und da er, wie er versprochen, eine ganze Zahl der unterschiedlichsten Dienerschaft zu ersetzen wußte, so war Koch, Kellermeister, Tafeldecker, Mundschenk beisammen und ein leckeres Mahl in wenigen Sekunden bereitet.

Giglio fand, nachdem er sich gütlich getan, daß man doch, was Speisen und Wein betreffe, gar zu sehr spüre, wie alles nur einer bereitet, herbeigeholt und aufgetragen; denn alles käme im Geschmack auf eins heraus. Celionati meinte, die Prinzessin Brambilla möge vielleicht eben deshalb Pulcinella zur Zeit aus ihrem Dienste entlassen haben, weil er in vorschnellem Eigendünkel alles selbst und allein besorgen wolle, worüber er schon oft mit Arlecchino in Streit geraten, der sich dergleichen ebenfalls anmaße. –

In dem höchst merkwürdigen Originalcapriccio, dem der Erzähler genau nacharbeitet, befindet sich hier eine Lücke. Um musikalisch zu reden, fehlt der Übergang von einer Tonart zur andern, so daß der neue Akkord ohne alle gehörige Vorbereitung losschlägt. Ja, man könnte sagen, das Capriccio bräche ab mit einer unaufgelösten Dissonanz. Es heißt nämlich, der Prinz (es kann kein andrer gemeint sein, als Giglio Fava, der dem Giglio Fava den Tod drohte) sei plötzlich von entsetzlichem Bauchgrimmen heimgesucht worden, welches er Pulcinellas Gerichten zugeschrieben, dann aber, nachdem ihn Celionati mit Liquor anodynus bedient, eingeschlafen, worauf ein großer Lärm entstanden. – Man erfährt weder, was dieser Lärm bedeutet, noch wie der Prinz oder Giglio Fava nebst Celionati aus dem Palast Pistoja gekommen.

Die fernere Fortsetzung lautet ungefähr wie folgt:

Sowie der Tag zu sinken begann, erschien eine Maske im Korso, die die Aufmerksamkeit aller erregte, ihrer Seltsamkeit und Tollheit halber.

Sie trug auf dem Haupt eine wunderliche, mit zwei hohen Hahnfedern geschmückte Kappe, dazu eine Larve mit elefantenrüsselförmiger Nase, auf der eine große Brille saß, ein Wams mit dicken Knöpfen, dazu aber 715 ein hübsches himmelblauseidnes Beinkleid mit dunkelroten Schleifen, rosenfarbene Strümpfe, weiße Schuhe mit dunkelroten Bändern und ein schönes spitzes Schwert an der Seite.

Der geneigte Leser kennt diese Maske schon aus dem ersten Kapitel und weiß daher, daß dahinter niemand anders stecken kann, als Giglio Fava. Kaum hatte aber diese Maske den Korso ein paar Mal durchwandelt, als ein toller Capitan Pantalon Brighella, wie er auch schon oftmals in diesem Capriccio sich gezeigt, hervor- und mit zornfunkelnden Augen auf die Maske zusprang, schreiend: »Treffe ich dich endlich, verruchter Theaterheld! – schnöder weißer Mohr! – Nicht entgehen sollst du mir jetzt! – Zieh dein Schwert, Hasenfuß, verteidige dich, oder ich stoße dir mein Holz in den Leib!«

Dabei schwenkte der abenteuerliche Capitan Pantalon sein breites hölzernes Schwert in den Lüften; Giglio geriet indessen über diesen unerwarteten Anfall nicht im mindesten außer Fassung, sondern sprach vielmehr ruhig und gelassen: »Was ist denn das für ein ungeschlachter Grobian, der sich mit mir hier duellieren will, ohne das Geringste davon zu verstehen, was echte Rittersitte heißt? Hört, mein Freund! erkennt Ihr mich wirklich an als den weißen Mohren, so müßt Ihr ja wissen, daß ich Held und Ritter bin, wie einer, und daß nur wahre Courtoisie mich heißt einherzugehen in himmelblauen Beinkleidern, Rosastrümpfen und weißen Schuhen. Es ist der Ballanzug in König Arthurs Manier. Dabei blitzt aber mein gutes Schwert an meiner Seite, und ich werde Euch ritterlich stehen, wenn Ihr ritterlich mich angreift, und wenn Ihr was Rechtes seid und kein ins Römische übersetzter Hanswurst!« –

»Verzeiht«, sprach die Maske, »verzeiht, o weißer Mohr, daß ich auch nur einen Augenblick außer Augen setzte, was ich dem Helden, dem Ritter schuldig bin! Aber so wahr fürstliches Blut in meinen Adern fließt, ich werde Euch zeigen, daß ich mit ebensolchem Nutzen vortreffliche 716 Ritterbücher gelesen, als Ihr.«

Darauf trat der fürstliche Capitan Pantalon einige Schritte zurück, hielt sein Schwert in Fechterstellung dem Giglio entgegen und sprach mit dem Ausdruck des innigsten Wohlwollens: »Ist es gefällig?« – Giglio riß, seinen Gegner zierlich grüßend, den Degen aus der Scheide, und das Gefecht hub an. Man merkte bald, daß beide, der Capitan Pantalon und Giglio, sich auf solch ritterliches Beginnen gar gut verstanden. Fest in dem Boden wurzelten die linken Füße, während die rechten bald stampfend ausschritten zum kühnen Anfall, bald sich zurückzogen in die verteidigende Stellung. Leuchtend fuhren die Klingen durcheinander, blitzschnell folgte Stoß auf Stoß. Nach einem heißen bedrohlichen Gange mußten die Kämpfer ruhen. Sie blickten einander an, und es ging mit der Wut des Zweikampfs solch eine Liebe in ihnen auf, daß sie sich in die Arme fielen und sehr weinten. Dann begann der Kampf aufs neue mit verdoppelter Kraft und Gewandtheit. Aber als nun Giglio einen wohlberechneten Stoß seines Gegners wegschleudern wollte, saß dieser fest in der Bandschleife des linken Beinkleids, so daß sie ächzend hinabfiel. »Halt!« schrie der Capitan Pantalon. Man untersuchte die Wunde und fand sie unbedeutend. Ein paar Stecknadeln reichten hin, die Schleife wieder zu befestigen. »Ich will«, sprach nun der Capitan Pantalon, »mein Schwert in die linke Hand nehmen, weil die Schwere des Holzes meinen rechten Arm ermattet. Du kannst deinen leichten Degen immer in der rechten Hand behalten.« – »Der Himmel sei vor«, erwiderte Giglio, »daß ich dir solche Unbill antue! Auch ich nehme meinen Degen in die linke Hand; denn so ist es recht und nützlich, da ich dich so besser treffen kann.« – »Komm an meine Brust, guter edler Kamerad«, rief der Capitan Pantalon. Die Kämpfer umarmten sich wiederum und heulten und schluchzten ungemein vor

Rührung über die Herrlichkeit ihres Beginnens und fielen sich grimmig an. »Halt!« schrie nun Giglio, als er bemerkte, daß sein Stoß saß in der Hutkrempe des Gegners. Dieser wollte anfangs von keiner Verletzung was wissen; da ihm aber die Krempe über die Nase herabhing, mußte er wohl Giglios edelmütige Hilfleistungen annehmen. Die Wunde war unbedeutend; der Hut, nachdem ihn Giglio zurechtgerückt, blieb noch immer ein nobler Filz. Mit vermehrter Liebe blickten sich die Kämpfer an, jeder hatte den andern als rühmlich und tapfer erprobt. Sie umarmten sich, weinten, und hoch flammte die Glut des erneuerten Zweikampfs. Giglio gab eine Blöße, an seine Brust prallte des Gegners Schwert, und er fiel entseelt rücklings zu Boden.

Des tragischen Ausgangs unerachtet schlug doch das Volk, als man Giglios Leichnam wegtrug, ein Gelächter auf, vor dem der ganze Korso erbebte, während der Capitan Pantalon kaltblütig sein breites hölzernes Schwert in die Scheide stieß und mit stolzen Schritten den Korso hinabwandelte. –

»Ja«, sprach die alte Beatrice, »ja, es ist beschlossen, den Weg weise ich dem alten häßlichen Charlatan, dem Signor Celionati, wenn er sich wieder hier blicken läßt und meinem süßen holden Kinde den Kopf verrücken will. Und am Ende ist auch Meister Bescapi einverstanden mit seinen Narrheiten.« – Die alte Beatrice mochte in gewisser Art recht haben; denn seit der Zeit, daß Celionati es sich angelegen sein ließ, die anmutige Putzmacherin, Giacinta Soardi, zu besuchen, schien ihr ganzes Innres wie umgekehrt. Sie war wie im ewig fortdauernden Traum befangen und sprach zuweilen solch abenteuerliches verwirrtes Zeug, daß die Alte um ihren Verstand besorgt wurde. Die Hauptidee Giacintas, um die sich alles drehte, war, wie der geneigte Leser schon nach dem vierten Kapitel vermuten kann, daß der reiche herrliche Prinz Cornelio Chiapperi sie liebe und um sie freien würde. Beatrice meinte dagegen, daß Celionati, der Himmel wisse warum, darauf ausgehe, der Giacinta was weiszumachen; denn, hätte es seine Richtigkeit mit der Liebe des Prinzen, so sei gar nicht zu begreifen, warum er nicht schon längst die Geliebte aufgesucht in ihrer Wohnung, da die Prinzen darin sonst gar nicht so blöde. Und dann wären doch auch die paar Dukaten, die Celionati ihnen zusteckte, durchaus nicht der Freigebigkeit eines Fürsten würdig. Am Ende gäb' es gar keinen Prinzen Cornelio Chiapperi; und gäb' es auch wirklich einen, so habe ja der alte Celionati selbst, sie wisse es, auf seinem Gerüst vor S. Carlo dem Volke verkündigt, daß der assyrische Prinz, Cornelio Chiapperi, nachdem er sich einen Backzahn ausreißen lassen, abhanden gekommen und von seiner Braut, der Prinzessin Brambilla, aufgesucht würde. 718

»Seht Ihr wohl«, rief Giacinta, indem ihr die Augen leuchteten, »seht Ihr wohl? da habt Ihr den Schlüssel zum ganzen Geheimnis, da habt Ihr die Ursache, warum der gute edle Prinz sich so sorglich verbirgt. Da er in Liebe zu mir ganz und gar glüht, fürchtet er die Prinzessin Brambilla und ihre Ansprüche und kann sich doch nicht entschließen, Rom zu verlassen. Nur in der seltsamsten Vermummung wagt er es, sich im Korso sehen zu lassen, und eben der Korso ist es, wo er mir die unzweideutigsten Beweise seiner zärtlichsten Liebe gegeben. Bald geht aber ihm, dem teuern Prinzen, und mir der goldne Glücksstern auf in voller Klarheit. – Erinnert Ihr Euch wohl eines geckenhaften Komödianten, der mir sonst den Hof machte, eines gewissen Giglio Fava?«

Die Alte meinte, daß dazu eben kein besonderes Gedächtnis gehöre, da der arme Giglio, der ihr noch immer lieber sei, als ein eingebildeter

Prinz, erst vorgestern bei ihr gewesen und sich das leckere Mahl, das sie ihm bereitet, wohl schmecken lassen.

»Wollt«, fuhr Giacinta fort, »wollt Ihr's wohl glauben, Alte, daß die Prinzessin Brambilla diesem armseligen Schlucker nachläuft? – So hat es Celionati mir versichert. Aber so wie sich der Prinz noch scheut, öffentlich aufzutreten als der meinige, so trägt die Prinzessin noch allerlei Bedenken, ihrer vorigen Liebe zu entsagen und den Komödianten Giglio Fava zu erheben auf ihren Thron. Doch in dem Augenblick, wenn die Prinzessin dem Giglio ihre Hand reicht, empfängt der Prinz hochbeglückt die meinige.«

»Giacinta«, rief die Alte, »was für Torheiten, was für Einbildungen!«

»Und was«, sprach Giacinta weiter, »und was Ihr davon sagt, daß der Prinz es bis jetzt verschmäht hat, die Geliebte aufzusuchen in ihrem eigenen Kämmerlein, so ist das grundfalsch. Ihr glaubt es nicht, welcher anmutigen Künste sich der Prinz bedient, um mich unbelauscht zu sehen. Denn Ihr müßt wissen, daß mein Prinz nebst andern löblichen Eigenschaften und Kenntnissen, die er besitzt, auch ein großer Zauberer ist. Daß er einmal zur Nacht mich besuchte, so klein, so niedlich, so allerliebst, daß ich ihn hätte aufessen mögen, daran will ich gar nicht denken. Aber oft erscheint er ja, selbst wenn Ihr zugegen, plötzlich hier mitten in unserem kleinen Gemach, und es liegt nur an Euch, daß Ihr weder den Prinzen, noch all die Herrlichkeiten erblickt, die sich dann auftun. Daß unser enges Gemach sich dann ausdehnt zum großen herrlichen Prachtsaal mit Marmorwänden, golddurchwirkten Teppichen, damastnen Ruhebetten, Tischen und Stühlen von Ebenholz und Elfenbein, will mir noch nicht so gefallen, als wenn die Mauern gänzlich schwinden, wenn ich mit dem Geliebten Hand in Hand wandle in dem schönsten Garten, wie man ihn sich nur denken mag. Daß du, Alte, die himmlischen Düfte nicht einzuatmen vermagst, die in diesem Paradiese wehen, wundert mich gar nicht, da du die häßliche Gewohnheit hast, dir die Nase mit Tabak vollzustopfen, und nicht unterlassen kannst, selbst in Gegenwart des Prinzen dein Döschen herauszuziehen.

Aber das Backentuch solltest du wenigstens wegtun von den Ohren, um den Gesang des Gartens zu vernehmen, der den Sinn gefangen nimmt ganz und gar, und vor dem jedes irdische Leid schwindet und auch der Zahnschmerz. Du kannst es durchaus nicht unschicklich finden, wenn ich es dulde, daß der Prinz mich auf beide Schultern küßt; denn du siehst es ja, wie dann mir augenblicklich die schönsten, buntesten, gleißendsten

Schmetterlingsflügel herauswachsen, und wie ich mich emporschwinge hoch – hoch, in die Lüfte. – Ha! – das ist erst die rechte Lust, wenn ich mit dem Prinzen so durch das Azur des Himmels segle. – Alles, was Erd' und Himmel Herrliches hat, allen Reichtum, alle Schätze, die, verborgen im tiefsten Schacht der Schöpfung, nur geahnet wurden, gehen dann auf vor meinem trunknen Blick, und alles – alles ist mein! – Und du sagst, Alte, daß der Prinz karg sei und mich in Armut lasse, unerachtet seiner Liebe? – Aber du meinst vielleicht nur, wenn der Prinz zugegen, sei ich reich; und auch das ist nicht einmal wahr. Sich, Alte, wie in diesem Augenblick, da ich nur von dem Prinzen rede und von seiner Herrlichkeit, sich unser Gemach so schön geschmückt hat. Sieh diese seidnen Vorhänge, diese Teppiche, diese Spiegel, vor allen Dingen aber jenen köstlichen Schrank, dessen Äußeres würdig ist des reichen Inhalts! Denn du darfst ihn nur öffnen, und die Goldrollen fallen dir in den Schoß. Und was meinst du zu diesen schmucken Hofdamen, Zofen, Pagen, die mir der Prinz indessen, ehe der ganze glänzende Hofstaat meinen Thron umgibt, zur Bedienung angewiesen hat?«

Bei diesen Worten trat Giacinta vor jenen Schrank, den der geneigte Leser schon im ersten Kapitel geschaut hat und in dem sehr reiche, aber auch sehr seltsame abenteuerliche Anzüge hingen, die Giacinta auf Bescapis Bestellung ausstaffiert hatte, und mit denen sie jetzt ein leises Gespräch begann.

Die Alte schaute kopfschüttelnd dem Treiben Giacintas zu, dann begann sie: »Gott tröste Euch, Giacinta! aber Ihr seid befangen in argem Wahn, 721 und ich werde den Beichtvater holen, damit er den Teufel vertreibe, der hier spukt. – Aber ich sag' es, alles ist die Schuld des verrückten Charlatans, der Euch den Prinzen in den Kopf gesetzt, und des albernen Schneiders, der Euch die tollen Maskenkleider in Arbeit gegeben hat. – Doch nicht schelten will ich! – Besinne dich, mein holdes Kind, meine liebe Giacintinetta, komm zu dir, sei artig wie zuvor!«

Giacinta setzte sich schweigend in ihren Sessel, stützte das Köpfchen auf die Hand und schaute sinnend vor sich nieder!

»Und wenn«, sprach die Alte weiter, »und wenn unser guter Giglio seine Seitensprünge läßt – Doch halt – Giglio! – Ei! indem ich dich so anschaue, Giacintchen, kommt mir in den Sinn, was er uns einmal vorlas aus dem kleinen Buche. – Warte – warte – warte – das paßt auf dich vortrefflich.« – Die Alte holte aus einem Korbe unter Bändern, Spitzen, Seidenlappen und andern Materialien des Putzes ein kleines sauber gebundenes Büchelchen hervor, setzte ihre Brille auf die Nase, kauerte nieder vor Giacinta und las:

»War es an dem einsamen Moosufer eines Waldbachs, war es in einer duftenden Jasminlaube? – Nein – ich besinne mich jetzt, es war in einem kleinen freundlichen Gemach, das die Strahlen der Abendsonne durchleuchteten, wo ich sie erblickte. Sie saß in einem niedrigen Lehnsessel, den Kopf auf die rechte Hand gestützt, so daß die dunklen Locken mutwillig sich sträubten und hervor quollen zwischen den weißen Fingern. Die Linke lag auf dem Schoße und zupfte spielend an dem seidnen Bande, das sich losgenestelt von dem schlanken Leib, den es umgürtet. Willkürlos schien der Bewegung dieser Hand das Füßchen zu folgen, dessen Spitze nur eben unter dem faltenreichen Gewande hervorguckte und leise, leise auf- und niederschlug. Ich sag' es Euch, so viel Anmut, so viel himmlischer Liebreiz war über ihre ganze Gestalt hingegossen, daß mir das Herz bebte vor namenlosem Entzücken. Den Ring des Gyges wünscht' ich mir: sie sollte mich nicht sehen; denn von meinem Blick berührt, würde sie, fürchtete ich, in die Luft verschwinden, wie ein Traumbild! – Ein süßes holdseliges Lächeln spielte um Mund und Wange, leise Seufzer drängten sich durch die rubinroten Lippen und trafen mich wie glühende Liebespfeile. Ich erschrak; denn ich glaubte, ich hätte laut ihren Namen gerufen im jähen Schmerz inbrünstiger Wonne! – Doch sie gewahrte mich nicht, sie sah mich nicht. – Da wagt' ich es, ihr in die Augen zu blicken, die starr auf mich gerichtet schienen, und in dem Widerschein dieses holdseligen Spiegels ging mir erst der wundervolle Zaubergarten auf, in den das Engelsbild entrückt war. Glänzende Luftschlösser öffneten ihre Tore, und aus diesen strömte ein lustiges buntes Volk, das fröhlich jauchzend der Schönsten die herrlichsten reichsten Gaben darbrachte. Aber diese Gaben waren ja eben alle Hoffnungen, alle sehnsüchtigen Wünsche, die aus der innersten Tiefe des Gemüts heraus ihre Brust bewegten. Höher und heftiger schwollen, gleich Lilienwogen, die Spitzen über dem blendenden Busen, und ein schimmerndes Inkarnat leuchtete auf den Wangen. Denn nun erst wurde das Geheimnis der Musik wach und sprach in Himmelslauten das Höchste aus. – Ihr könnet mir glauben, daß ich nun wirklich selbst im Widerschein jenes wunderbaren Spiegels, mitten im Zaubergarten stand.« –

»Das ist«, sprach die Alte, indem sie das Buch zuklappte und die Brille von der Nase nahm, »das ist alles nun sehr hübsch und artig gesagt; aber du lieber Himmel, was für ausschweifende Redensarten, um doch eigentlich weiter nichts auszudrücken, als daß es nichts Anmutigeres und für Männer von Sinn und Verstand nichts Verführerischeres gibt als ein schönes Mädchen, das in sich vertieft dasitzt und Luftschlösser baut. Und das paßt, wie gesagt, sehr gut auf dich, meine Giacintina, und alles, was du mir da vorgeschwatzt hast vom Prinzen und seinen Kunststücken, ist weiter nichts, als der lautgewordene Traum, in den du versunken.«

»Und«, erwiderte Giacinta, indem sie sich vom Sessel erhob und wie ein fröhliches Kind in die Händchen klatschte, »und wenn es denn wirklich so wäre, gliche ich denn nicht eben deshalb dem anmutigen Zauberbilde, von dem Ihr eben laset? – Und daß Ihr's nur wißt, Worte des Prinzen waren es, die, als Ihr aus Giglios Buch etwas vorlesen wolltet, willkürlos über Eure Lippen flossen.«

723

724

# Siebentes Kapitel

*Wie einem jungen artigen Menschen auf dem »Caffè greco«*
*abscheuliche Dinge zugemutet wurden, ein Impresario Reue empfand*
*und ein Schauspielermodell an Trauerspielen des Abbate Chiari starb.*
*– Chronischer Dualismus und der Doppelprinz, der in die Quere*
*dachte. – Wie jemand eines Augenübels halber verkehrt sah, sein*
*Land verlor und nicht spazieren ging. – Zank, Streit und Trennung.*

Unmöglich wird sich der geneigte Leser darüber beschweren können, daß der Autor ihn in dieser Geschichte durch zu weite Gänge hin und her ermüde. In einem kleinen Kreise, den man mit wenigen hundert Schritten durchmißt, liegt alles hübsch beisammen: der Korso, der Palast Pistoja, der »Caffè greco« u.s.w., und, den geringen Sprung nach dem Lande Urdargarten abgerechnet, bleibt es immer bei jenem kleinen, leicht zu durchwandelnden Kreise. So bedarf es jetzt nur weniger Schritte, und der geneigte Leser befindet sich wieder in dem »Caffè greco«, wo, es sind erst vier Kapitel her, der Marktschreier Celionati deutschen Jünglingen die wunderliche und wunderbare Geschichte von dem Könige Ophioch und der Königin Liris erzählte.

Also! – In dem »Caffè greco« saß ganz einsam ein junger hübscher, artig gekleideter Mensch und schien in tiefe Gedanken versunken; so daß er erst, nachdem zwei Männer, die unterdessen hineingetreten und sich ihm genaht, zwei-, dreimal hintereinander gerufen hatten: »Signor – Signor – mein bester Signor!« wie aus dem Traum erwachte und mit höflich vornehmem Anstande fragte, was den Herren zu Diensten stehe! –

Der Abbate Chiari – es ist nämlich zu sagen, daß die beiden Männer niemand anders waren, als eben der Abbate Chiari, der berühmte Dichter des noch berühmteren »Weißen Mohren«, und jener Impresario, der das Trauerspiel mit der Farce vertauscht – der Abbate Chiari begann alsbald: »Mein bester Signor Giglio, wie kommt es, daß Ihr Euch gar nicht mehr sehen lasset, daß man Euch mühsam aufsuchen muß durch ganz Rom? – Seht hier einen reuigen Sünder, den die Kraft, die Macht meines Worts bekehrt hat, der alles Unrecht, das er Euch angetan, wieder gutmachen, der Euch allen Schaden reichlich ersetzen will!« – »Ja«, nahm der Impresario das Wort, »ja, Signor Giglio, ich bekenne frei meinen Unverstand, meine Verblendung. – Wie war es möglich, daß ich Euer Genie verkennen, daß ich nur einen Augenblick daran zweifeln konnte, in Euch allein meine ganze Stütze zu finden! – Kehrt zurück zu mir, empfangt auf meinem Theater auf's neue die Bewunderung, den lauten stürmischen Beifall der Welt!«

»Ich weiß nicht«, erwiderte der junge artige Mensch, indem er beide, den Abbate und den Impresario ganz verwundert anblickte, »ich weiß nicht, meine Herren, was ihr eigentlich von mir wollt. – Ihr redet mich mit einem fremden Namen an, ihr sprecht von mir ganz unbekannten Dingen – ihr tut, als wäre ich euch bekannt, unerachtet ich mich kaum erinnere, euch jemals in meinem Leben gesehen zu haben!«

»Recht«, sprach der Impresario, dem die hellen Tränen in die Augen kamen, »recht tust du, Giglio, mich so schnöde zu behandeln, so zu tun, als ob du mich gar nicht kenntest; denn ein Esel war ich, als ich dich fortjagte von den Bretter. Doch – Giglio! sei nicht unversöhnlich, mein Junge! – Her die Hand!«

»Denkt«, fiel der Abbate dem Impresario in die Rede, »denkt, guter Signor Giglio, an mich, an den ›Weißen Mohren‹, und daß Ihr denn doch auf andere Weise nicht mehr Ruhm und Ehre einernten könnet, als auf der Bühne dieses wackern Mannes, der den Arlecchino samt seinem ganzen saubern Anhang zum Teufel gejagt und aufs neue das Glück errungen hat, Trauerspiele von mir zu erhalten und aufzuführen.«

»Signor Giglio«, sprach der Impresario weiter, »Ihr sollt selbst Euern Gehalt bestimmen; ja, Ihr sollt selbst nach freier Willkür Euern Anzug zum weißen Mohren wählen, und es soll dabei mir auf ein paar Ellen unechter Tressen, auf ein Päckchen Flittern mehr durchaus nicht ankommen.«

»Und ich sage euch«, rief der junge Mensch, »daß alles, was ihr da vorbringt, mir unauflösbares Rätsel ist und bleibt.«

»Ha«, schrie nun der Impresario voller Wut, »ha, ich verstehe Euch, Signor Giglio Fava, ich verstehe Euch ganz, ich verstehe Euch ganz; ich weiß nun alles. – Der verfluchte Satan von – nun, ich mag seinen Namen nicht nennen, damit nicht Gift auf meine Lippen komme – *der* hat Euch gefangen in seinen Netzen, der hält Euch fest in seinen Klauen. – Ihr seid engagiert – Ihr seid engagiert. Aber ha ha ha – zu spät werdet Ihr es bereuen, wenn Ihr bei dem Schuft, bei dem erbärmlichen Schneidermeister, den ein toller Wahnsinn lächerlichen Dünkels treibt, wenn Ihr bei dem –«

»Ich bitte Euch«, unterbrach der junge Mensch den zornigen Impresario, »ich bitte Euch, bester Signor, geratet nicht in Hitze, bleibet fein gelassen! Ich errate jetzt das ganze Mißverständnis. Nicht wahr, Ihr haltet mich für einen Schauspieler, namens Giglio Fava, der, wie ich vernommen, ehemals in Rom als ein vortrefflicher Schauspieler geglänzt haben soll, unerachtet er im Grunde niemals was getaugt hat?«

Beide, der Abbate und der Impresario, starrten den jungen Menschen an, als erblickten sie ein Gespenst.

»Wahrscheinlich«, fuhr der junge Mensch fort, »wahrscheinlich waret ihr, meine Herren, von Rom abwesend und kehrtet erst in diesem Augenblick zurück; denn sonst würd' es mich wundernehmen, daß ihr das nicht vernommen haben solltet, wovon ganz Rom spricht. Leid sollte es mir tun, wenn ich der erste wäre, von dem ihr erfahret, daß jener Schauspieler, Giglio Fava, den ihr sucht und der euch so wert zu sein scheint, gestern auf dem Korso im Zweikampf niedergestoßen wurde. – Ich selbst bin nur zu sehr von seinem Tode überzeugt.«

»O schön!« rief der Abbate, »o schön, o über alle Maßen schön und herrlich! – Also das war der berühmte Schauspieler Giglio Fava, den ein unsinniger fratzenhafter Kerl gestern niederstieß, daß er beide Beine in die Höhe kehrte? Wahrlich, mein bester Signor, Ihr müßt Fremdling in Rom und wenig bekannt sein mit unsern Karnevalsspäßen; denn sonst würdet Ihr es wissen, daß die Leute, als sie den vermeintlichen Leichnam aufheben und forttragen wollten, nur ein hübsches, aus Pappendeckel geformtes Modell in Händen hatten, worüber denn das Volk ausbrach in ein unmäßiges Gelächter.«

»Mir ist«, sprach der junge Mensch weiter, »mir ist unbekannt, inwiefern der tragische Schauspieler Giglio Fava nicht wirklich Fleisch und Blut hatte, sondern nur aus Pappendeckel geformt war; gewiß ist es aber, daß sein ganzes Inneres bei der Sektion mit Rollen aus den Trauerspielen eines gewissen Abbate Chiari erfüllt gefunden wurde, und daß die Ärzte nur der schrecklichen Übersättigung, der völligen Zerrüttung aller verdauenden Prinzipe durch den Genuß gänzlich kraft- und saftloser Nährmittel die Tödlichkeit des Stoßes, den Giglio Fava vom Gegner erhalten, zuschrieben.«

Bei diesen Worten des jungen Menschen brach der ganze Kreis aus in ein schallendes Gelächter.

Unvermerkt hatte sich nämlich während des merkwürdigen Gesprächs der »Caffè greco« mit den gewöhnlichen Gästen gefüllt, und vornehmlich waren es die deutschen Künstler, die einen Kreis um die Sprechenden geschlossen.

War erst der Impresario in Zorn geraten, so brach nun bei dem Abbate noch viel ärger die innere Wut aus. »Ha!« schrie er, »ha, Giglio Fava! darauf hattet Ihr es abgesehen; Euch verdanke ich allen Skandal auf dem Korso! – Wartet – meine Rache soll Euch treffen – zerschmettern –«

Da nun aber der beleidigte Poet ausbrach in niedrige Schimpfwörter und sogar Miene machte, mit dem Impresario gemeinschaftlich den jungen artigen Menschen anzupacken, so erfaßten die deutschen Künstler beide und warfen sie ziemlich unsanft zur Türe heraus, so daß sie blitzschnell bei dem alten Celionati vorüberflogen, der soeben eintreten wollte und der ihnen ein »glückliche Reise!« nachrief.

Sowie der junge artige Mensch den Ciarlatano gewahrte, ging er schnell auf ihn los, nahm ihn bei der Hand, führte ihn in eine entfernte Ecke des Zimmers und begann: »Wäret Ihr doch nur früher gekommen, bester Signor Celionati, um mich von zwei Überlästigen zu befreien, die mich durchaus für den Schauspieler Giglio Fava hielten, den ich – ach, Ihr wißt es ja! – gestern in meinem unglücklichen Paroxysmus auf dem Korso niederstieß, und die mir allerlei abscheuliche Dinge zumuteten. – Sagt mir, bin ich denn wirklich jenem Fava so ähnlich, daß man mich für ihn ansehen kann?«

»Zweifelt«, erwiderte der Ciarlatano höflich, ja beinahe ehrerbietig grüßend, »zweifelt nicht, gnädigster Herr, daß Ihr, was Eure angenehmen Gesichtszüge betrifft, in der Tat jenem Schauspieler ähnlich genug sehet, und es war daher sehr geraten, Euern Doppeltgänger aus dem Wege zu räumen, welches Ihr sehr geschickt anzufangen wußtet. Was den albernen Abbate Chiari samt seinem Impresario betrifft, so rechnet ganz auf mich, mein Prinz! Ich werde Euch allen Anfechtungen, die Eure vollkommene Genesung aufhalten könnten, zu entziehen wissen. Es ist nichts leichter, als einen Schauspieldirektor mit einem Schauspieldichter dermaßen zu entzweien, daß sie grimmig aufeinander losgehen und im wütenden Kampf einander auffressen, wie jene beiden Löwen, von denen nichts übrig blieb, als die beiden Schweife, die, schreckliches Denkmal verübtes Mords, auf dem Kampfplatz gefunden wurden. – Nehmt Euch doch ja nicht Eure Ähnlichkeit mit dem Trauerspieler aus Pappendeckel zu Herzen! Denn soeben vernehme ich, daß die jungen Leute dort, die Euch von Euern Verfolgern befreiten, ebenfalls glauben, Ihr wäret nun einmal kein anderer, als eben der Giglio Fava.«

»O!« sprach der junge artige Mensch leise, »o mein bester Signor Celionati, verratet doch nur um des Himmels willen nicht, wer ich bin! Ihr wißt es ja, warum ich so lange verborgen bleiben muß, bis ich völlig genesen.«

»Seid«, erwiderte der Charlatan, »seid unbesorgt, mein Prinz, ich werde, ohne Euch zu verraten, so viel von Euch sagen, als nötig ist, um die Achtung und Freundschaft jener jungen Leute zu gewinnen, ohne daß es ihnen einfallen darf zu fragen, wes Namens und Standes Ihr seid. Tut fürs erste so, als wenn Ihr uns gar nicht beachtet, schaut zum Fenster heraus oder leset Zeitungen, dann könnet Ihr Euch später in unser Gespräch mischen. Damit Euch aber das, was ich spreche, gar nicht geniert, werde ich in der Sprache reden, die eigentlich nur für die Dinge paßt, die Euch und Eure Krankheit betreffen, und die Ihr zurzeit nicht versteht.«

Signor Celionati nahm, wie gewöhnlich, Platz unter den jungen Deutschen, die noch unter lautem Lachen davon redeten, wie sie den Abbate und den Impresario, als sie dem jungen artigen Mann zu Leibe gewollt, in möglichster Eile hinausbefördert hätten. Mehrere fragten dann den Alten, ob es denn nicht wirklich der bekannte Schauspieler Giglio Fava sei, der dort zum Fenster hinauslehne, und als dieser es verneint und vielmehr erklärt, daß es ein junger Fremder von hoher Abkunft sei, meinte der Maler Franz Reinhold (der geneigte Leser hat ihn schon in dem dritten Kapitel gesehen und gehört), daß er es gar nicht begreifen könne, wie man eine Ähnlichkeit zwischen jenem Fremden und dem Schauspieler Giglio Fava finden wollte. Zugeben müsse er, daß Mund, Nase, Stirn, Auge, Wuchs beider sich in der äußern Form gleichen könnten; aber der geistige Ausdruck des Antlitzes, der eigentlich die Ähnlichkeit erst schaffe, und den die mehrsten Porträtmaler oder vielmehr Gesichtabschreiber nicht aufzufassen und daher wahrhaft ähnliche Bilder zu liefern niemals vermöchten, eben dieser Ausdruck sei zwischen beiden so himmelweit verschieden, daß er seinerseits den Fremden nie für den Giglio Fava gehalten hätte. Der Fava habe eigentlich ein nichtssagendes Gesicht, wogegen in dem Gesicht des Fremden etwas Seltsames liege, dessen Bedeutung er selbst nicht verstehe.

Die jungen Leute forderten den alten Charlatan auf, ihnen wiederum etwas, das der wunderbaren Geschichte von dem König Ophioch und der Königin Liris gliche, die ihnen überaus wohlgefallen, oder vielmehr den zweiten Teil dieser Geschichte selbst vorzutragen, den er ja von seinem Freunde, dem Zauberer Ruffiamonte oder Hermod im Palast Pistoja, erfahren haben müsse.

»Was«, rief der Charlatan, »was zweiter Teil – was zweiter Teil? Hab' ich denn neuerdings plötzlich innegehalten, mich geräuspert und dann, mich verbeugend, gesagt: ›Die Fortsetzung folgt künftig?‹ – Und überdem hat mein Freund, der Zauberer Ruffiamonte, den weitern Verlauf jener Geschichte bereits vorgelesen im Palast Pistoja. Eure Schuld ist es und nicht die meinige, daß ihr das Kollegium versäumet, dem auch, wie es jetzt Mode ist, wißbegierige Damen beiwohnten; und sollte ich das alles jetzt noch einmal wiederholen, so würde das einer Person entsetzliche Langeweile erregen, die uns nie verläßt, und die sich auch in jenem Kollegio befand, mithin schon alles weiß. Ich meine nämlich den Leser des Capriccios, Prinzessin Brambilla geheißen, einer Geschichte, in der wir selbst vorkommen und mitspielen. – Also nichts von dem Könige Ophioch und der Königin Liris und der Prinzessin Mystilis und dem bunten Vogel! Aber von mir, von mir will ich reden, wenn euch anders damit gedient ist, ihr leichtsinnigen Leute!«

»Warum leichtsinnig?« fragte Reinhold. – »Darum«, sprach Meister Celionati auf deutsch weiter, »weil ihr mich betrachtet wie einen, der nur eben darum da ist, euch zuweilen Märchen zu erzählen, die bloß ihrer Possierlichkeit halber possierlich klingen und euch die Zeit, die ihr daran wenden wollt, vertreiben. Aber ich sage euch, als mich der Dichter erfand, hatte er ganz was anders mit mir im Sinn, und wenn er es mit ansehen sollte, wie ihr mich manchmal so gleichgültig behandelt, könnte er gar glauben, ich sei ihm aus der Art geschlagen. – Nun genug, ihr erzeigt mir alle nicht die Ehrfurcht und Achtung, die ich verdiene meiner tiefen Kenntnisse halber. So z.B. seid ihr der schnöden Meinung, daß, was die Wissenschaft der Medizin betrifft, ich, ohne alles gründliche Studium, Hausmittel als Arkana verkaufe und alle Krankheiten mit denselben Mitteln heilen wolle. Doch nun ist die Zeit gekommen, euch eines Bessern zu belehren. Weit, weit her, aus einem Lande so fern, daß Peter Schlemihl trotz seinen Siebenmeilenstiefeln ein ganzes Jahr laufen müßte, um es zu erreichen, ist ein junger sehr ausgezeichneter Mann hieher gereiset, um sich meiner hilfreichen Kunst zu bedienen, da er an einer Krankheit leidet, die wohl die Seltsamste und zugleich gefährlichste genannt werden darf, die es gibt, und deren Heilung nun wirklich auf einem Arkanum beruht, dessen Besitz magische Weihe voraussetzt. Der junge Mann leidet nämlich an dem chronischen Dualismus.«

»Wie«, riefen alle durcheinanderlachend, »wie? was sagt Ihr, Meister Celionati, chronischen Dualismus? – Ist das erhört?« –

»Ich merke wohl«, sprach Reinhold, »daß Ihr uns wieder etwas Tolles, Abenteuerliches auftischen wollt, und nachher bleibt Ihr nicht mehr bei der Stange.«

»Ei«, erwiderte der Charlatan, »ei, mein Sohn Reinhold, du gerade solltest mir solchen Vorwurf nicht machen; denn eben dir habe ich immer wacker die Stange gehalten, und da du, wie ich glaube, die Geschichte von dem Könige Ophioch richtig verstanden und auch wohl selbst in den hellen Wasserspiegel der Urdarquelle geschaut hast, so – Doch ehe ich weiter spreche über die Krankheit, so erfahrt, ihr Herren, daß der Kranke, dessen Kur ich unternommen, eben jener junge Mann ist, der zum Fenster hinausschaut, und den ihr für den Schauspieler Giglio Fava gehalten.«

Alle schauten neugierig hin nach dem Fremden und kamen darin überein, daß in den übrigens geistreichen Zügen seines Antlitzes doch etwas Ungewisses, Verworrenes liege, das auf eine gefährliche Krankheit schließen lasse, welche am Ende in einem versteckten Wahnsinn bestehe.

»Ich glaube«, sprach Reinhold, »ich glaube, daß Ihr, Meister Celionati, mit Eurem chronischen Dualismus nichts anders meint, als jene seltsame Narrheit, in der das eigne Ich sich mit sich selbst entzweit, worüber denn die eigne Persönlichkeit sich nicht mehr festhalten kann.«

»Nicht übel«, erwiderte der Charlatan, »nicht übel, mein Sohn! aber dennoch fehlgeschossen. Soll ich euch aber über die seltsame Krankheit meines Patienten Rechenschaft geben, so fürchte ich beinahe, daß es mir nicht gelingen wird, euch darüber klar und deutlich zu belehren, vorzüglich da ihr keine Ärzte seid, ich mich also jedes Kunstausdrucks enthalten muß. – Nun! – ich will es darauf ankommen lassen, wie es wird, und euch zuvörderst bemerklich machen, daß der Dichter, der uns erfand, und dem wir, wollen wir wirklich existieren, dienstbar bleiben müssen, uns durchaus für unser Sein und Treiben keine bestimmte Zeit vorge-

schrieben hat. Sehr angenehm ist es mir daher, daß ich, ohne einen Anachronismus zu begehen, voraussetzen darf, daß ihr aus den Schriften eines gewissen deutschen, sehr geistreichen Schriftstellers Kunde erhalten habt von dem doppelten Kronprinzen. Eine Prinzessin befand sich (um wieder mit einem dito geistreichen deutschen Schriftsteller zu reden) in andern Umständen, als das Land, nämlich in gesegneten. Das Volk harrte und hoffte auf einen Prinzen; die Prinzessin übertraf aber diese

Hoffnung gerade um das Doppelte, indem sie zwei allerliebste Prinzlein gebar, die, Zwillinge, doch ein Einling zu nennen waren, da sie mit den Sitzteilen zusammengewachsen. Unerachtet nun der Hofpoet behauptete, die Natur habe in *einem* menschlichen Körper nicht Raum genug gefunden für all die Tugenden, die der künftige Thronerbe in sich tragen solle, unerachtet die Minister den über den Doppelsegen etwas betretenen Fürsten damit trösteten, daß vier Hände doch Zepter und Schwert kräftiger handhaben würden, als zwei, sowie überhaupt die ganze Regierungssonate à quatre mains voller und prächtiger klingen würde – ja! – alles dessen unerachtet, fanden sich doch Umstände genug, die manches gerechte Bedenken veranlaßten. Fürs erste erregte schon die große Schwierigkeit, ein praktikables und zu gleich zierliches Modell zu einem gewissen Stühlchen zu erfinden, die gegründete Besorgnis, wie es künftig mit der schicklichen Form des Throns aussehen würde, ebenso vermochte eine aus Philosophen und Schneidern zusammengesetzte Kommission nur nach dreihundertundfünfundsechzig Sitzungen die bequemste und dabei anmutigste Form der Doppelhosen herauszubringen; was aber das Schlimmste schien, war die gänzliche Verschiedenheit des Sinns, die sich in beiden immer mehr und mehr offenbarte. War der eine Prinz traurig, so war der andere lustig; wollte der eine sitzen, so wollte der andere laufen, genug– nie stimmten ihre Neigungen überein. Und dabei konnte 734 man durchaus nicht behaupten, der eine sei dieser, der andere jener bestimmten Gemütsart; denn in dem Widerspiel eines ewigen Wechsels schien eine Natur hinüberzugehen in die andre, welches wohl daher kommen mußte, daß sich, nächst dem körperlichen Zusammenwachsen, auch ein geistiges offenbarte, das eben den größten Zwiespalt verursachte. – Sie dachten nämlich in die Quere, so daß keiner jemals recht wußte, ob er das, was er gedacht, auch wirklich selbst gedacht, oder sein Zwilling; und heißt das nicht Konfusion, so gibt es keine. Nehmt ihr nun an, daß einem Menschen solch ein in die Quere denkender Doppelprinz im Leibe sitzt, als materia peccans, so habt ihr die Krankheit heraus, von der ich rede und deren Wirkung sich vornehmlich dahin äußert, daß der Kranke aus sich selber nicht klug wird. –«

Indessen hatte sich der junge Mensch unvermerkt der Gesellschaft genähert, und da nun alle schweigend den Charlatan anblickten, als erwarteten sie, daß er fortfahren werde, begann er, nachdem er sich höflich verbeugt: »Ich weiß nicht, meine Herren, ob es euch recht ist, wenn ich mich in eure Gesellschaft mische. Man hat mich wohl sonst überall gern, wenn ich ganz gesund bin und munter; aber gewiß hat euch Meister Celionati so viel Wunderliches von meiner Krankheit erzählt, daß ihr nicht wünschen werdet, von mir selbst belästigt zu werden.«

Reinhold versicherte im Namen aller, daß der neue Gast ihnen willkommen, und der junge Mensch nahm Platz in dem Kreise.

Der Charlatan entfernte sich, nachdem er dem jungen Menschen nochmals eingeschärft hatte, doch ja die vorgeschriebene Diät zu halten.

Es geschah, wie immer es zu geschehen pflegt, daß man sofort über den, der das Zimmer verlassen, zu sprechen begann und vorzüglich den jungen Menschen über seinen abenteuerlichen Arzt befragte. Der junge Mensch versicherte, daß Meister Celionati sehr schöne Schulkenntnisse erworben, auch in Halle und Jena mit Nutzen Kollegia gehört, so daß man ihm vollkommen vertrauen könne. Auch sonst sei es, seiner Meinung nach, ein ganz hübscher leidlicher Mann, der nur den einzigen, freilich sehr großen, Fehler habe, oftmals zu sehr ins Allegorische zu fallen, welches ihm denn wirklich schade. Gewiß habe Meister Celionati auch von der Krankheit, die er zu heilen unternommen, sehr abenteuerlich gesprochen. Reinhold erklärte, wie, nach des Charlatans Ausspruch, ihm, dem jungen Menschen, ein doppelter Kronprinz im Leibe sitze.

»Seht«, sprach nun der junge Mensch anmutig lächelnd, »seht ihr es wohl, ihr Herren? Das ist nun wieder eine pure Allegorie, und doch kennt Meister Celionati meine Krankheit sehr genau, und doch weiß er, daß ich nur an einem Augenübel leide, welches ich mir durch zu frühzeitiges Brillentragen zugezogen. Es muß sich etwas in meinem Augenspiegel verrückt haben; denn ich sehe leider meistens alles verkehrt, und so kommt es, daß mir die ernsthaftesten Dinge oft ganz ungemein spaßhaft und umgekehrt die spaßhaftesten Dinge oft ganz ungemein ernsthaft vorkommen. Das aber erregt mir oft entsetzliche Angst und solchen Schwindel, daß ich mich kaum aufrecht erhalten kann. Hauptsächlich, meint Meister Celionati, komme es zu meiner Genesung darauf an, daß ich mir häufige starke Bewegung mache; aber du lieber Himmel, wie soll ich das anfangen?«

»Nun«, rief einer, »da Ihr, bester Signor, wie ich sehe, ganz gesund auf den Beinen seid, so weiß ich doch« – In dem Augenblick trat eine dem geneigten Leser schon bekannt gewordene Person herein, der berühmte Schneidermeister Bescapi.

Bescapi ging auf den jungen Menschen los, verbeugte sich sehr tief und begann: »Mein gnädigster Prinz!« – »Gnädigster Prinz?« riefen alle durcheinander und blickten den jungen Menschen mit Erstaunen an. Der aber sprach mit ruhiger Miene: »Mein Geheimnis hat wider meinen Willen der Zufall verraten. Ja, meine Herrn, ich bin wirklich ein Prinz und noch dazu ein unglücklicher, da ich vergebens nach dem herrlichen mächtigen Reich trachte, das mein Erbteil. Sagt' ich daher zuvor, daß es nicht möglich sei, mir die gehörige Bewegung zu machen, so kommt es daher, weil es mir gänzlich an Land, mithin an Raum dazu mangelt. Eben daher, weil ich in solch kleinem Behältnis eingeschlossen, verwirren sich auch die vielen Figuren und schießen und kopfkegeln durcheinander, so daß ich zu keiner Deutlichkeit gelange; welches ein sehr übles Ding ist, da ich meiner innersten eigentlichsten Natur nach nur im klaren existieren kann. Durch die Bemühungen meines Arztes, sowie dieses würdigsten aller würdigen Minister glaube ich aber mittels eines erfreulichen Bündnisses mit der schönsten der Prinzessinnen wieder gesund, groß und mächtig zu werden, wie ich es eigentlich sein sollte. Feierlichst lade ich euch, meine Herrn, ein, mich in meinen Staaten, in meiner Hauptstadt zu besuchen. Ihr werdet finden, daß ihr dort ganz eigentlich zu Hause gehört, und mich nicht verlassen wollen, weil ihr nur bei mir ein wahres Künstlerleben zu führen vermöget. Glaubt nicht, beste Herrn, daß ich den Mund zu voll nehme, daß ich ein eitler Prahlhans bin! Laßt mich nur erst wieder ein gesunder Prinz sein, der seine Leute kennt, sollten sie sich auch auf den Kopf stellen, so werdet ihr erfahren, wie gut ich es mit euch allen meine. Ich halte Wort, so wahr ich der assyrische Prinz Cornelio Chiapperi bin! – Namen und Vaterland will ich euch vor der Hand verschweigen, ihr erfahret beides zur rechten Zeit. – Nun muß ich mich mit diesem vortrefflichen Minister über einige wichtige Staatsangelegenheiten beraten, dann aber bei der Narrheit einsprechen und, durch den Hof wandelnd, nachsehen, ob den Mistbeeten einige gute Witzwörter entkeimt sind.« – Damit faßte der junge Mensch den Schneidermeister unter den Arm, und beide zogen ab.

»Was sagt ihr«, sprach Reinhold, »was sagt ihr, Leute, zu dem allem? Mich will es bedünken, als hetze das bunte Maskenspiel eines tollen märchenhaften Spaßes allerlei Gestalten in immer schnelleren und schnelleren Kreisen dermaßen durcheinander, daß man sie gar nicht mehr zu erkennen, gar nicht mehr zu unterscheiden vermag. Doch laßt uns Masken nehmen und nach dem Korso gehen! Ich ahne, daß der tolle Capitan Pantalon, der gestern den wütenden Zweikampf bestand, sich heute wieder sehen lassen und allerlei Abenteuerliches beginnen wird.«

Reinhold hatte recht. Der Capitan Pantalon schritt sehr gravitätisch, wie noch in der glänzenden Glorie seines gestrigen Sieges, den Korso auf und nieder, ohne aber irgend Tolles zu beginnen, wie sonst, wiewohl eben seine grenzenlose Gravität ihm beinahe noch ein komischeres Ansehen gab, als er es sonst behauptete. – Der geneigte Leser erriet es schon früher, weiß es aber jetzt mit Bestimmtheit, wer unter dieser Maske steckt. Niemand anders nämlich, als der Prinz Cornelia Chiapperi, der glückselige Bräutigam der Prinzessin Brambilla. – Und die Prinzessin Brambilla, ja, sie selbst mußte wohl die schöne Dame sein, die, die Wachsmaske vor dem Gesicht, in reichen prächtigen Kleidern majestätisch in dem Korso wandelte. Die Dame schien es abgesehen zu haben auf den Capitan Pantalon; denn geschickt wußte sie ihn einzukreisen, so daß es schien, er könne ihr nicht ausweichen, und doch wand er sich heraus und setzte seinen gravitätischen Spaziergang fort. Endlich aber, als er eben im Begriff stand, mit einem raschen Schritt vorzuschreiten, faßte ihn die Dame beim Arme und sprach mit süßer, lieblicher Stimme: »Ja, Ihr seid es, mein Prinz! Euer Gang und die Eures Standes würdige Kleidung (nie truget Ihr eine schönere) haben Euch verraten! – O sagt, warum flieht Ihr mich?

– Erkennet Ihr nicht Euer Leben, Euer Hoffen in mir?« – »Ich weiß«, sprach der Capitan Pantalon, »ich weiß in der Tat nicht recht, wer Ihr seid, schöne Dame! Oder vielmehr, ich wage es nicht zu erraten, da ich so oft schnöder Täuschung erlegen. Prinzessinnen verwandelten sich vor meinen Augen in Putzmacherinnen, Komödianten in Pappendeckelfiguren, und dennoch hab' ich beschlossen, länger keine Illusion und Phantasterei zu ertragen, sondern beide schonungslos zu vernichten, wo ich sie treffe.«

»So macht«, rief die Dame erzürnt, »so macht mit Euch selbst den Anfang! Denn Ihr selbst, mein werter Signor, seid weiter gar nichts als eine Illusion! – Doch nein«, fuhr die Dame sanft und zärtlich fort, »doch nein, geliebter Cornelio, du weißt, welch eine Prinzessin dich liebt, wie sie aus fernen Landen hergezogen ist, dich aufzusuchen, dein zu sein! – Und hast du denn nicht geschworen, mein Ritter zu bleiben? – Sprich, Geliebter!«

Die Dame hatte aufs neue Pantalons Arm gefaßt; der hielt ihr aber seinen spitzen Hut entgegen, zog sein breites Schwert an und sprach: »Seht her! – herab ist das Zeichen meiner Ritterschaft, herunter sind die Hahnfedern von meinem offnen Helm; ich habe den Damen meinen Dienst aufgekündigt; denn sie lohnen alle mit Undank und Untreue!« – »Was sprecht Ihr?« rief die Dame zürnend, »seid Ihr wahnsinnig?« –

»Leuchtet«, sprach der Capitan Pantalon weiter, »leuchtet mich nur an mit dem funkelnden Demant da auf Eurer Stirne! Weht mir nur entgegen mit der Feder, die Ihr dem bunten Vogel ausgerupft – Ich widerstehe jedem Zauber und weiß es und bleibe dabei, daß der alte Mann in der Zobelmütze recht hat, daß mein Minister ein Esel ist, und daß die Prinzessin Brambilla einem miserablen Schauspieler nachläuft.« – »Ho ho!« rief nun die Dame noch zorniger, als vorher, »ho ho, wagt Ihr es, aus diesem Ton mit mir zu sprechen, so will ich Euch nur sagen, daß, wenn Ihr ein trauriger Prinz sein wollt; mir jener Schauspieler, den Ihr erbärmlich nennt, und den ich mir, ist er auch zurzeit auseinandergenommen, immer wieder zusammennähen lassen kann, noch immer viel werter erscheint, als Ihr. Geht doch fein zu Eurer Putzmacherin, zu der kleinen Giacinta Soardi, der Ihr ja sonst, wie ich höre, auch nachgelaufen seid, und erhebt sie auf Euern Thron, den irgendwo hinzustellen, es Euch noch gänzlich an einem Stückchen Land mangelt! – Gott befohlen für jetzt! –«

Damit ging die Dame rasches Schrittes von dannen, indem der Capitan Pantalon ihr mit kreischendem Ton nachrief: »Stolze – Ungetreue! so belohnst du meine innige Liebe? – Doch ich weiß mich zu trösten! –«

# Achtes Kapitel

*Wie der Prinz Cornelio Chiapperi sich nicht trösten konnte, der
Prinzessin Brambilla Samtpantoffel küßte, beide dann aber eingefangen
wurden in Filet. – Neue Wunder des Palastes Pistoja. – Wie zwei
Zauberer auf Straußen durch den Urdarsee ritten und Platz nahmen
in der Lotosblume. – Die Königin Mystilis. – Wie bekannte Leute
wieder auftreten und das Capriccio, Prinzessin Brambilla genannt,
ein fröhliches Ende erreicht.*

Es schien indessen, als wenn Freund Capitan Pantalon oder vielmehr der
assyrische Prinz Cornelio Chiapperie (denn der geneigte Leser weiß doch
nun einmal, daß in der tollen fratzenhaften Maske eben niemand anders
steckte, als diese verehrte fürstliche Person), ja! – es schien, als ob er sich
ganz und gar nicht zu trösten gewußt hätte. Denn anderes Tages klagte
er laut auf dem Korso, daß er die schönste der Prinzessinnen verloren,
und daß er, fände er sie gar nicht wieder, sich in heller Verzweiflung sein
hölzernes Schwert durch den Leib rennen wolle. Da aber bei diesem Weh
sein Gebärdespiel das possierlichste war, das man sehen konnte, so fehlte
es nicht, daß er sich bald von Masken aller Art umringt sah, die ihre
Lust an ihm hatten. »Wo ist sie?« rief er mit kläglicher Stimme, »wo ist
sie geblieben, meine holde Braut, mein süßes Leben! – Habe ich darum
mir meinen schönsten Backzahn ausreißen lassen von Meister Celionati?
bin ich deshalb mir selbst nachgelaufen aus einem Winkel in den andern,
um mich aufzufinden? ja! – habe ich darum mich wirklich aufgefunden,
um ohne alles Besitztum an Liebe und Lust und gehöriger Länderei ein
armseliges Leben hinzuschmachten? Leute! – weiß einer von euch, wo
die Prinzessin steckt, so öffne er das Maul und sag' es mir und lasse mich
nicht hier so lamentieren unnützerweise, oder laufe hin zu der Schönsten
und verkünde ihr, daß der treueste aller Ritter, der schmuckste aller
Bräutigame hier vor lauter Sehnsucht, vor inbrünstigem Verlangen hinlänglich wüte, und daß in den Flammen seines Liebesgrimms ganz Rom,
ein zweites Troja, aufgehen könnte, wenn sie nicht alsbald komme und
mit den feuchten Mondesstrahlen ihrer holdseligen Augen die Glut lö-
sche!« – Das Volk schlug ein unmäßiges Gelächter auf, aber eine gellende
Stimme rief dazwischen: »Verrückter Prinz, meint Ihr, daß Euch die
Prinzessin Brambilla entgegenkommen soll? – Habt Ihr den Palast Pistoja

741

109

vergessen?« – »Ho ho«, erwiderte der Prinz, »schweigt, vorwitziger Gelbschnabel! Seid froh, daß Ihr dem Käficht entronnen! – Leute, schaut mich an und sagt, ob nicht ich der eigentliche bunte Vogel bin, der in Filetnetzen gefangen werden soll?« Das Volk erhob abermals ein unmäßiges Gelächter; doch in demselben Augenblick stürzte der Capitan Pantalon, wie ganz außer sich, nieder auf die Knie; denn vor ihm stand sie selbst, die Schönste, in voller Pracht aller Holdseligkeit und Anmut und in denselben Kleidern, wie sie sich zum erstenmal auf dem Korso hatte blicken lassen, nur daß sie statt des Hütleins ein herrlich funkelndes Diadem auf der Stirne trug, aus dem bunte Federn emporstiegen. »Dein bin ich«, rief der Prinz im höchsten Entzücken, »dein bin ich nun ganz und gar. Sieh diese Federn auf meiner Sturmhaube! Sie sind die weiße Fahne, die ich aufgesteckt, das Zeichen, daß ich mich dir, du himmlisches Wesen, ergebe, rücksichtslos, auf Gnad' und Ungnade!« – »So mußt' es kommen«, erwiderte die Prinzessin; »unterwerfen mußtest du dich mir, der reichen Herrscherin, denn sonst fehlte es dir ja an der eigentlichen Heimat, und du bliebst ein miserabler Prinz. Doch schwöre mir jetzt ewige Treue, bei diesem Symbol einer unumschränkten Regentschaft!«

742

Damit zog die Prinzessin einen kleinen zierlichen Samtpantoffel hervor und reichte ihn dem Prinzen hin, der ihn, nachdem er feierlich der Prinzessin ewige unwandelbare Treue geschworen, so wahr er zu existieren gedenke, dreimal küßte. Sowie dieses geschehen, erscholl ein lautes, durchdringendes: »Brambure bil bal – Alamonsa kikiburva son-ton - !« Das Paar war umringt von jenen, in reiche Talare verhüllten Damen, die, wie der geneigte Leser sich erinnern wird, im ersten Kapitel eingezogen in den Palast Pistoja, und hinter denen die zwölf reichgekleideten Mohren standen, welche aber, statt der langen Spieße, hohe, wunderbar glänzende Pfauenfedern in den Händen hielten, die sie in den Lüften hin- und herschwangen. Die Damen warfen aber Filetschleier über das Paar, die immer dichter und dichter es zuletzt verhüllten in tiefe Nacht.

Als nun aber unter lautem Klang von Hörnern, Zimbeln und kleinen Pauken die Nebel des Filets hinabfielen, befand sich das Paar in dem Palast Pistoja, und zwar in demselben Saal, in den vor wenigen Tagen der vorwitzige Schauspieler Giglio Fava eindrang.

Aber herrlicher, viel herrlicher sah es jetzt in diesem Saal aus, als damals. Denn statt der einzigen Ampel, die den Saal erleuchtete, hingen jetzt wohl hundert ringsumher, so daß alles ganz und gar in Feuer zu stehen schien. Die Marmorsäulen, welche die hohe Kuppel trugen, waren mit üppigen Blumenkränzen umwunden; das seltsame Laubwerk der Decke, man wußte nicht, waren es bald buntgefiederte Vögel, bald anmutige Kinder, bald wunderbare Tiergestalten, die darin verflochten, schien sich lebendig zu regen, und aus den Falten der goldnen Draperie des Thronhimmels leuchteten bald hier, bald dort freundlich lachende Antlitze holder Jungfrauen hervor. Die Damen standen, wie damals, aber noch prächtiger gekleidet, im Kreise ringsumher, machten aber nicht Filet, sondern streuten bald aus goldenen Vasen herrliche Blumen in den Saal, bald schwangen sie Rauchfässer, aus denen ein köstlicher Geruch empordampfte. Auf dem Throne standen aber in zärtlicher Umarmung der Zauberer Ruffiamonte und der Fürst Bastianello di Pistoja. Daß dieser kein anderer war, als eben der Marktschreier Celionati, darf kaum gesagt werden. Hinter dem fürstlichen Paar, das heißt, hinter dem Prinzen Cornelio Chiapperi und der Prinzessin Brambilla, stand ein kleiner Mann in einem sehr bunten Talar und hielt ein saubres Elfenbeinkästchen in den Händen, dessen Deckel offen stand, und in dem nichts weiter befindlich als eine kleine funkelnde Nähnadel, die er mit sehr heiterm Lächeln unverwandt anblickte.

Der Zauberer Ruffiamonte und der Fürst Bastianello di Pistoja ließen endlich ab von der Umarmung und drückten sich nur noch was weniges die Hände. Dann aber rief der Fürst mit starker Stimme den Straußen zu: »Heda, ihr guten Leute! bringt doch einmal das große Buch herbei, damit mein Freund hier, der ehrliche Ruffiamonte, fein able se, was noch zu lesen übrig!« Die Strauße hüpften, mit den Flügeln schlagend, von dannen und brachten das große Buch, das sie einem knienden Mohren auf den Rücken legten und dann aufschlugen.

Der Magus, der, unerachtet seines langen weißen Barts, ungemein hübsch und jugendlich aussah, trat hinan, räusperte sich und las folgende Verse:

> »Italien! – Land, des heitrer Sonnenhimmel
> Der Erde Lust in reicher Blüt' entzündet!
> O schönes Rom, wo lustiges Getümmel
>
> Zur Maskenzeit den Ernst vom Ernst entbindet!
> Es gaukeln froh der Phantasei Gestalten
> Auf bunter Bühne klein zum Ei gerundet;

Das ist die Welt, anmut'gen Spukes Walten.
Der Genius mag aus dem Ich gebären
Das Nicht-Ich, mag die eigne Brust zerspalten,

744

Den Schmerz des Seins in hohe Lust verkehren.
Das Land, die Stadt, die Welt, das Ich – gefunden
Ist alles nun. In reiner Himmelsklarheit

Erkennt das Paar sich selbst, nun treu verbunden
Aufstrahlet ihm des Lebens tiefe Wahrheit.
Nicht mehr mit bleicher Unlust mattem Tadel

Betört den Sinn die überweise Narrheit;
Erschlossen hat das Reich die Wundernadel
Des Meisters. Tolles zauberisches Necken,

Dem Genius gibt's hohen Herrscheradel
Und darf zum Leben aus dem Traum ihn wecken.
Horch! schon beginnt der Töne süßes Wogen,

Verstummt ist alles, ihnen zuzulauschen;
Schimmernd Azur erglänzt am Himmelsbogen,
Und ferne Quellen, Wälder flüstern, rauschen.

Geh auf, du Zauberland voll tausend Wonnen,
Geh auf der Sehnsucht, Sehnsucht auszutauschen,
Wenn sie sich selbst erschaut im Liebesbronnen!

Das Wasser schwillt. – Fort! stürzt euch in die Fluten!
Kämpft an mit Macht! Bald ist der Strand gewonnen,
Und hoch Entzücken strahlt in Feuergluten!«

Der Magus klappte das Buch zu; aber in dem Augenblick stieg ein feuriger
Dunst aus dem silbernen Trichter, den er auf dem Kopfe trug, und erfüllte
den Saal mehr und mehr. Und unter harmonischem Glockengetön,
Harfen- und Posaunenklang begann sich alles zu regen und wogte
durcheinander. Die Kuppel stieg auf und wurde zum heitern Himmelsbogen, die Säulen wurden zu hohen Palmbäumen, der Goldstoff fiel nieder

und wurde zum bunten gleißenden Blumengrund, und der große Kristall-spiegel zerfloß in einen hellen herrlichen See. Der feurige Dunst, der aus dem Trichter des Magus gestiegen, hatte sich nun auch ganz verzogen, und kühle balsamische Lüfte wehten durch den unabsehbaren Zaubergar-ten voll der herrlichsten anmutigsten Büsche und Bäume und Blumen. Stärker tönte die Musik, es ging ein frohes Jauchzen auf, tausend Stimmen sangen:

>»Heil! hohes Heil dem schönen Urdarlande!
Gereinigt, spiegelhell erglänzt sein Bronnen,
Zerrissen sind des Dämons Kettenbande!«

Plötzlich verstummte alles, Musik, Jauchzen, Gesang; in tiefem Schweigen schwangen der Magus Ruffiamonte und der Fürst Bastianello di Pistoja sich auf die beiden Strauße und schwammen nach der Lotosblume, die wie eine leuchtende Insel aus der Mitte des Sees emporragte. Sie stiegen in den Kelch dieser Lotosblume, und diejenigen von den um den See versammelten Leuten, welche ein gutes Auge hatten, bemerkten ganz deutlich, daß die Zauberer aus einem Kästchen eine sehr kleine, aber auch sehr artige Porzellanpuppe hervornahmen und mitten in den Kelch der Blume schoben.

Es begab sich, daß das Liebespaar, nämlich der Prinz Cornelio Chiapperi und die Prinzessin Brambilla, aus der Betäubung erwachten, in die sie versunken, und unwillkürlich in den klaren spiegelhellen See schauten, an dessen Ufer sie sich befanden. Doch wie sie sich in dem See erblickten, da *erkannten* sie sich erst, schauten einander an, brachen in ein Lachen aus, das aber nach seiner wunderbaren Art nur jenem Lachen Königs Ophiochs und der Königin Liris zu vergleichen war, und fielen dann im höchsten Entzücken einander in die Arme.

Und sowie das Paar lachte, da, o des herrlichen Wunders! stieg aus dem Kelch der Lotosblume ein göttlich Frauenbild empor und wurde höher und höher, bis das Haupt in das Himmelblau ragte, während man gewahrte, wie die Füße in der tiefsten Tiefe des Sees festwurzelten. In der funkelnden Krone auf ihrem Haupte saßen der Magus und der Fürst, schauten hinab auf das Volk, das ganz ausgelassen, ganz trunken vor Entzücken jauchzte und schrie: »Es lebe unsere hohe Königin Mystilis!« während die Musik des Zaubergartens in vollen Akkorden ertönte.

Und wiederum sangen tausend Stimmen:

»Ja, aus der Tiefe steigen sel'ge Wonnen
Und fliegen leuchtend in die Himmelsräume.
Erschaut die Königin, die uns gewonnen!

Das Götterhaupt umschweben süße Träume,
Dem Fußtritt öffnen sich die reichen Schachten. –
Das wahre Sein im schönsten Lebenskeime
Verstanden die, die sich erkannten – lachten!« –

Mitternacht war vorüber, das Volk strömte aus den Theatern. Da schlug
die alte Beatrice das Fenster zu, aus dem sie hinausgeschaut, und sprach:
»Es ist nun Zeit, daß ich alles bereite; denn bald kommt die Herrschaft
und bringt wohl noch gar den guten Signor Bescapi mit.« So wie damals,
als Giglio ihr den mit Leckerbissen gefüllten Korb hinauftragen mußte,
hatte die Alte heute alles eingekauft zum leckern Mahl. Aber nicht wie
damals durfte sie sich herumquälen in dem engen Loch, das eine Küche
vorstellen sollte, und in dem engen armseligen Stübchen des Signor Pasquale. Sie hatte vielmehr über einen geräumigen Herd zu gebieten und
über eine helle Kammer, so wie die Herrschaft wirklich in drei bis vier
nicht zu großen Zimmern, in denen mehrere hübsche Tische, Stühle und
sonstiges ganz leidliches Gerät befindlich, sich sattsam bewegen konnte.

Indem die Alte nun ein feines Linnen über den Tisch breitete, den sie
in die Mitte des Zimmers gerückt, sprach sie schmunzelnd: »Hm! – es
ist doch ganz hübsch von dem Signor Bescapi, daß er uns nicht allein
die artige Wohnung eingeräumt, sondern uns auch mit allem Not wendi-
gen so reichlich versorgt hat. Nun ist wohl die Armut auf immer von
uns gewichen!«

Die Türe ging auf, und herein trat Giglio Fava mit seiner Giacinta.

»Laß dich«, sprach Giglio, »laß dich umarmen, mein süßes, holdes
Weib! Laß es mich dir recht aus voller Seele sagen, daß erst seit dem
Augenblick, da ich mit dir verbunden, mich die reinste herrlichste Lust
des Lebens beseelt. – Jedesmal, wenn ich dich deine Smeraldinen oder
andere Rollen, die der wahre Scherz geboren, spielen sehe oder dir als
Brighella, als Truffaldino oder als ein anderer humoristischer Phantast
zur Seite stehe, geht mir im Innern eine ganze Welt der kecksten, sinnig-
sten Ironie auf und befeuert mein Spiel. – Doch sage mir, mein Leben,

welch ein ganz besonderer Geist war heute über dich gekommen? – Nie hast du so recht aus dem Innersten her aus Blitze des unmutigsten weiblichen Humors geschleudert; nie warst du in der kecksten, phantastischen Laune so über alle Maßen liebenswürdig!«

»Dasselbe«, erwiderte Giacinta, indem sie einen leichten Kuß auf Giglios Lippen drückte, »dasselbe möcht’ ich von dir sagen, mein geliebter Giglio! Auch du warst heute herrlicher als je und hast vielleicht selbst nicht bemerkt, daß wir unsere Hauptszene unter dem anhaltenden gemütlichen Lachen der Zuschauer über eine halbe Stunde fort improvisierten. – Aber denkst du denn nicht daran, welch ein Tag heute ist? Ahndest du nicht, in welchen verhängnisvollen Stunden die besondere Begeisterung uns erfaßte? Erinnerst du dich nicht, daß es heute gerade ein Jahr her ist, da wir in den herrlichen hellen Urdarsee schauten und uns erkannten?«

»Giacinta«, rief Giglio in freudigem Erstaunen, »Giacinta, was sprichst du? – Es liegt wie ein schöner Traum hinter mir, das Urdarland – der Urdarsee! – Aber nein! – es war kein Traum – wir haben uns erkannt! – O meine teuerste Prinzessin!«

»O«, erwiderte Giacinta, »mein teuerster Prinz!« – Und nun umarmten sie sich aufs neue und lachten laut auf und riefen durcheinander: »Dort liegt Persien – dort Indien – aber hier Bergamo – hier Frascati – unsere Reiche grenzen – nein, nein, es ist ein und dasselbe Reich, in dem wir herrschen, ein mächtiges Fürstenpaar, es ist das schöne herrliche Urdarland selbst – Ha, welche Lust!«

Und nun jauchzten sie im Zimmer umher und fielen sich wieder in die Arme und küßten sich und lachten. –

»Sind sie«, brummte die alte Beatrice dazwischen, »sind sie nicht wie die ausgelassenen Kinder! – Ein ganzes Jahr schon verheiratet und liebeln noch und schnäbeln sich und springen umher und – o Heiland! werfen mir hier beinahe die Gläser vom Tische! – Ho ho – Signor Giglio, fahrt mir nicht mit Euerm Mantelzipfel hier ins Ragout – Signora Giacinta, habt Erbarmen mit dem Porzellan und laßt es leben!«

Aber die beiden achteten nicht auf die Alte, sondern trieben ihr Wesen fort. Giacinta faßte den Giglio endlich bei den Armen, schaute ihm in die Augen und sprach: »Aber sage mir, lieber Giglio, du hast ihn doch erkannt, den kleinen Mann hinter uns, im bunten Talar mit der elfenbeinernen Schachtel?« – »Warum«, erwiderte Giglio, »warum denn nicht, meine liebe Giacinta? Es war ja der gute Signor Bescapi mit seiner schöpferischen Nadel, unser jetziger treuer Impresario, der uns zuerst in der Gestalt, wie sie durch unser innerstes Wesen bedingt ist, auf die Bühne brachte. Und wer hätte denken sollen, daß dieser alte wahnsinnige Charlatan –«

»Ja«, fiel Giacinta dem Giglio in die Rede, »ja, dieser alte Celionati in seinem zerrissenen Mantel und durchlöcherten Hute« –

» – Daß dieses wirklich der alte fabelhafte Fürst Bastianello di Pistoja gewesen sein sollte?« – So sprach der stattliche, glänzend gekleidete Mann, der in das Zimmer getreten.

»Ach!« rief Giacinta, indem ihr die Augen vor Freude leuchteten, »ach, gnädigster Herr, seid Ihr es selbst? – Wie glücklich sind wir, ich und mein Giglio, daß Ihr uns aufsucht in unserer kleinen Wohnung! – Verschmäht es nicht, mit uns ein kleines Mahl einzunehmen, und dann könnet Ihr uns fein erklären, was es denn eigentlich für eine Bewandtnis hat mit der Königin Mystilis, dem Urdarlande und Euerm Freunde, dem Zauberer Hermod oder Ruffiamonte; ich werde aus dem allem noch nicht recht klug.«

»Es bedarf«, sprach der Fürst von Pistoja mit mildem Lächeln, »es bedarf, mein holdes süßes Kind, keiner weitern Erklärung; es genügt, daß du aus dir selber klug geworden bist und auch jenen kecken Patron, dem es ziemlich, dein Gemahl zu sein, klug gemacht hast. – Sieh, ich könnte, meines Marktschreiertums eingedenk, mit allerlei geheimnisvollen und zugleich prahlerisch klingenden Worten um mich werfen; ich könnte sagen, du seist die Phantasie, deren Flügel erst der Humor bedürfe, um sich emporzuschwingen, aber ohne den Körper des Humors wärst du nichts als Flügel und verschwebtest, ein Spiel der Winde, in den Lüften. Aber ich will es nicht tun, und zwar auch schon aus dem Grunde nicht, weil ich zu sehr ins Allegorische, mithin in einen Fehler fallen würde, den schon der Prinz Cornelio Chiapperi auf dem ›Caffè greco‹ mit Recht an dem alten Celionati gerügt hat. Ich will bloß sagen, daß es wirklich einen bösen Dämon gibt, der Zobelmützen und schwarze Schlafröcke trägt und, sich für den großen Magus Hermod ausgebend, nicht allein gute Leute gewöhnliches Schlages, sondern auch Königinnen, wie Mystilis, zu verhexen imstande ist. Sehr boshaft war es, daß der Dämon die Entzauberung der Prinzessin von einem Wunder abhängig gemacht hatte, das er für unmöglich hielt. In der kleinen Welt, das Theater genannt, sollte nämlich ein Paar gefunden werden, das nicht allein von wahrer Phantasie, von wahrem Humor im Innern beseelt, sondern auch imstande wäre, diese Stimmung des Gemüts objektiv, wie in einem Spiegel, zu erkennen und sie so ins äußere Leben treten zu lassen, daß sie auf die große Welt, in der jene kleine Welt eingeschlossen, wirke wie ein mächtiger Zauber. So sollte, wenn ihr wollt, wenigstens in gewisser Art das Theater den Urdarbronnen vorstellen, in den die Leute gucken können. – An euch, ihr lieben Kinder, glaubt' ich bestimmt jene Entzauberung zu vollbringen und schrieb's sogleich meinem Freunde, dem Magus Hermod. Wie er sogleich anlangte, in meinem Palast abstieg, was für Mühe wir uns mit euch gaben, nun, das wißt ihr, und wenn nicht Meister Callot ins Mittel getreten wäre und Euch, Giglio, herausgeneckt hätte aus Eurer Heldenjacke –«

»Ja«, fiel hier Signor Bescapi dem Fürsten, dem er auf dem Fuße gefolgt, in die Rede, »ja, gnädigster Herr, bunte Heldenjacke – Gedenkt doch auch bei diesem lieben Paar ein wenig meiner, wie ich auch bei dem großen Werk mitgewirkt!«

»Allerdings«, erwiderte der Fürst »und darum, weil Ihr auch an und für Euch selbst ein wunderbarer Mann waret, nämlich ein Schneider, der sich in die phantastischen Habite, die er zu verfertigen wußte, auch phantastische Menschen hineinwünschte, bediente ich mich Eurer Hilfe und machte Euch zuletzt zum Impresario des seltnen Theaters, wo Ironie gilt und echter Humor.«

»Ich bin«, sprach Signor Bescapi, sehr heiter lächelnd, »ich bin mir immer so vorgekommen wie einer, der dafür sorgt, daß nicht gleich alles im Zuschnitt verdorben werde, gleichsam wie Form und Stil!«

»Gut gesagt«, rief der Fürst von Pistoja, »gut gesagt, Meister Bescapi!«

Während nun der Fürst von Pistoja, Giglio und Bescapi von diesem und jenem sprachen, schmückte in anmutiger Geschäftigkeit Giacinta Zimmer und Tisch mit Blumen, die die alte Beatrice in der Eil' herbeibringen müssen, zündete viele Kerzen an und nötigte, da nun alles hell und festlich aussah, den Fürsten in den Lehnstuhl, den sie mit reichen Tüchern und Teppichen so herausgeputzt hatte, daß er beinahe einem Thron zu vergleichen war.

»Jemand«, sprach der Fürst, ehe er sich niederließ, »jemand, den wir alle sehr zu fürchten haben, da er gewiß eine strenge Kritik über uns ergehen läßt und uns vielleicht gar die Existenz bestreitet, könnte vielleicht sagen, daß ich ohne allen weitern Anlaß mitten in der Nacht hierher gekommen sei bloß seinethalben, und um ihm noch zu erzählen, was ihr mit der Entzauberung der Königin Mystilis, die am Ende gar ganz eigentlich die Prinzessin Brambilla ist, zu schaffen hattet. Der Jemand hat un-

recht; denn ich sage euch, daß ich herkam und jedesmal in der verhängnisvollen Stunde eurer Erkenntnis herkommen werde, um mich mit euch
an dem Gedanken zu erlaben, daß wir und alle diejenigen als reich und
glücklich zu preisen, denen es gelang, das Leben, sich selbst, ihr ganzes
Sein in dem wunderbaren sonnenhellen Spiegel des Urdarsees zu erschau-
en und zu erkennen.«

Hier versiegt plötzlich die Quelle, aus der, o geneigter Leser, der Herausgeber dieser Blätter geschöpft hat. Nur eine dunkle Sage gehet, daß
sowohl dem Fürsten von Pistoja als dem Impresario Bescapi die Makkaroni und der Syrakuser bei dem jungen Ehepaar sehr wohl geschmeckt
haben sollen. Es ist auch zu vermuten, daß an demselben Abende sowohl
als nachher mit dem beglückten Schauspielerpaar, da es mit der Königin
Mystilis und großem Zaubern in mannigfache Berührung gekommen,
sich noch manches Wunderbare zugetragen haben wird.

Meister Callot wäre der einzige, der darüber fernere Auskunft geben
könnte.

752

# Biographie

**1776**  24. *Januar:* Ernst Theodor Wilhelm Hoffmann wird in Königsberg als Sohn des Hofgerichtsadvokaten Christoph-Ludwig Hoffmann und seiner Frau Louise Albertine, geb. Doerffer, geboren.

**1778**  Nach der Scheidung seiner Eltern lebt Hoffmann mit seiner Mutter bei der Großmutter.

**1782**  Hoffmann tritt in die reformierte Burgschule in Königsberg ein (bis 1792).

**1786**  Beginn der lebenslangen Freundschaft mit Theodor Gottlieb von Hippel.

**1790**  Bei dem Domorganisten Podbielski erhält Hoffmann Musikunterricht und bei dem Maler Saemann Zeichenunterricht.

**1792**  Hoffmann imatrikuliert sich an der Universität Königsberg zum Jurastudium.

**1793**  Liebe zu der neun Jahre älteren, verheirateten Dora Hatt.
Der dreibändige Roman »Cornaro« entsteht (verschollen).

**1795**  *Juli:* Hoffmann legt das erste juristische Examen ab.
Er beginnt in Königsberg seine Amtstätigkeit als Auskultator und Gerichtsreferendar.
Besuch der Oper »Don Giovanni« von Mozart, Lektüre von Lawrence Sterne, Jean Paul, William Shakespeare und Jean-Jacques Rousseau.

**1796**  *März:* Tod der Mutter.
*Juni:* Hoffmann siedelt nach Glogau über, wo er bei seinem Patenonkel lebt.
Bekanntschaft mit dem Maler Aloys Molinary und dem Schriftsteller Julius von Voß.

**1797**  Freundschaft mit dem Komponisten Johannes Hampe.
*April:* Tod des Vaters.
*Mai:* Reise nach Königsberg.
In Königsberg trifft er zum letzten Mal Dora Hatt.

**1798**  Verlobung mit der Cousine Minna Doerffer.
*Juni:* Hoffmann legt sein zweites juristisches Examen ab (»Überall ausnehmend gut«).
*August:* Er wird als Referendar an das Kammergericht Berlin versetzt.

Erste Berührung mit dem Glücksspiel.

Reise nach Dresden.

Hoffmann nimmt Kompositionsunterricht bei dem Komponisten und Musikschriftsteller Johann Friedrich Reichardt.

Beginn der Freundschaft mit dem Schauspieler und Gitarristen Franz von Holbein.

**1800** *Frühjahr:* Hoffmann besteht sein drittes juristisches Examen und wird zum Assessor in Posen ernannt.

*Dezember:* Bekanntschaft mit Jean Paul.

**1801** Hoffmann komponiert das Singspiel »Scherz, List und Rache« (nach Goethe), das im gleichen Jahr in Posen aufgeführt wird.

Jean Paul sendet die Partitur an Goethe.

**1802** *März:* Lösung der Verlobung mit Minna Doerffer.

*Juli:* Heirat mit Maria Thekla Michalina Rorer-Trzcinska (Mischa). Hoffman siedelt in das polnische Plock an der Weichsel über, wohin er wegen Karikaturen auf preußische Offiziere strafversetzt wurde.

**1803** Mit dem Essay »Schreiben eines Klostergeistlichen an seinen Freund in der Hauptstadt« wird in »Der Freimüthige oder Berlinische Zeitung für gebildete, unbefangene Leser« zum ersten Mal eine Schrift Hoffmanns veröffentlicht.

**1804** Reise nach Königsberg und Leistenau.

*März:* Hoffmann wird als Regierungsrat nach Warschau versetzt. Freundschaft mit Julius Eduard Hitzig, der Hoffmann mit den Schriften der Romantiker bekannt macht.

Hoffmann nennt sich auf dem Titelblatt der Partitur zu »Die lustigen Musikanten« (nach Clemens Brentano) aus Verehrung für Mozart zum ersten Mal Ernst Theodor Amadeus Hoffmann.

**1805** Nähere Bekanntschaft mit Zacharias Werner.

*Mai:* Hoffmann wird Vizepräsident und Sekretär der von ihm mitgegründeten »Musikalischen Gesellschaft«.

*Juli:* Geburt der Tochter Cäzilia.

**1806** Hoffmann tritt bei einem von der »Musikalischen Gesellschaft« organisierten Konzert zum ersten Mal als Dirigent auf.

*November:* Die französische Armee besetzt Warschau.

Die preußische Verwaltung wird aufgelöst und damit Hoffmann aus dem Dienst entlassen.

**1807** *Juni:* Hoffmann zieht nach Berlin, während Mischa sich mit Cäzilia bei ihrer Mutter in Posen aufhält.

*August:* Tod der Tochter Cäzilia.

**1808**  *August:* Hoffmann zieht mit seiner Frau nach Bamberg, wo er eine Stelle als Kapellmeister und Theaterkomponist am Theater erhält.

Reise nach Glogau und Posen.

**1809**  Das Bamberger Theater muß wegen Mißwirtschaft des Direktors geschlossen werden.

Bekanntschaft mit dem Arzt Adalbert Friedrich Marcus.

*März:* Hoffmann lernt Carl Friedrich Kunz, seinen späteren Verleger, kennen.

**1810**  Franz von Holbein übernimmt die Direktion des Bamberger Theaters.

Er stellt Hoffmann als »Direktionsgehilfe« und Hauskomponist, Bühnenarchitekt und Kulissenmaler an.

Hoffmann beginnt mit der Niederschrift seiner dreizehn »Kreisleriana«, kurzen Skizzen, Essays und Erzählungen, in deren Mittelpunkt die Figur des Komponisten Johannes Kreisler steht.

**1811**  Hoffmann gibt die Tätigkeit als »Direktionsgehilfe« am Bamberger Theater auf.

Unglückliche Liebe zu der sechzehnjährigen Julia Mark (Julie Marc), die seine Gesangsschülerin ist.

Bekanntschaft mit Carl Maria von Weber.

**1812**  Reise nach Würzburg.

*November:* Hoffmann befindet sich in höchster Geldnot.

*Dezember:* Hochzeit Julia Marks mit dem Kaufmann Graepel.

Hoffmann konzentriert sich zunehmend auf schriftstellerische Tätigkeiten.

Er beschäftigt sich mit Naturphilosophie und »tierischem Magnetismus«.

Die Theatergruppe Joseph Secondas in Leipzig und Dresden engagiert Hoffmann als Musikdirektor.

Aufenthalt Hoffmanns in Leipzig.

Die Truppe Secondas gastiert in Dresden.

**1813**  »Don Juan. Eine fabelhafte Begebenheit, die sich mit einem reisenden Enthusiasten zugetragen« wird in der »Allgemeinen Musikalischen Zeitung« gedruckt.

In der »Zeitung für die elegante Welt« erscheint Hoffmanns Essay

»Beethovens Instrumental-Musik«.

**1814** Nach einem Zerwürfnis mit Seconda wird Hoffmann aus dem Theater entlassen.

*März:* Beginn der Arbeit an dem Roman »Die Elexiere des Teufels. Nachgelassene Papiere des Bruders Medardus, eines Kapuziners«.

Die ersten beiden Bände der »Fantasiestücke in Callots Manier« erscheinen. Darin enthalten sind u.a. »Der goldene Topf«, die Dialogerzählung »Nachricht von den neuesten Schicksalen des Hundes Berganza« und »Ritter Gluck«.

*August:* Hoffmann beendet die Oper »Undine« nach Fouqués Märchen, der auch das Libretto schreibt.

*September:* Umzug nach Berlin, wo Hoffmann eine Anstellung als Staatsbeamter ohne Gehalt annimmt.

Verbindung mit Hitzig, Fouqué, Chamisso, Tieck und Bernhardi.

**1815** Hoffmann arbeitet als Expedient im Justizministerium.

Bekanntschaft mit Brentano und Eichendorff.

Der dritte und vierte Band der »Fantasiestücke in Callots Manier« erscheinen, sie enthalten u.a. »Die Abenteuer der Silvesternacht«.

Freundschaft mit dem Schauspieler Ludwig Devrient, dem intimsten Freund der letzten Lebensjahre.

»Die Elexiere des Teufels« (Roman, 2 Bände, 1815–16).

**1816** *April:* Hoffmann wird zum Rat am Kammergericht ernannt.

Freundschaft mit Carl Maria von Weber.

Die Oper »Undine« wird uraufgeführt.

Unter dem Titel »Nachtstücke« erscheint eine zweibändige Sammlung von Prosatexten, die u.a. die Novelle »Das Majorat« und die Erzählung »Der Sandmann« enthält.

**1817** *Juli:* Brand des Schauspielhauses.

Hoffmann wird zusammen mit Devrient Stammgast im Weinhaus Lutter und Wegner.

**1818** Neugründung des »Serapinenordens«, dem außer Hoffmann u.a. Hitzig, Contessa und Koreff angehören. Die »Serapionsbrüder« treffen sich in Hoffmanns Wohnung.

Im »Taschenbuch für das Jahr 1819 der Liebe und Freundschaft gewidmet« erscheint Hoffmanns Erzählung »Doge und Dogaresse«.

**1819** Der ersten Band der Erzählungssammlung »Die Serapionsbrüder«

erscheint. Er enthält u.a. »Die Bergwerke zu Falun«.

*Mai:* Beginn der Arbeit an dem Roman »Lebensansichten des Katers Murr nebst fragmentarischer Biographie des Kapelleisters Johannes Kreisler in zufälligen Makulaturblättern« (2 Bände, 1819–21).

Schwere Erkrankung Hoffmanns.

Genesungsreise nach Schlesien und Prag.

Das Märchen »Klein Zaches genannt Zinnober« erscheint in der Zeitschrift »Flora« in Berlin.

*Oktober:* Hoffmann wird zum Mitglied der »Immediat-Commission zur Ermittlung hochverräterischer Verbindungen und anderer gefährlicher Umtriebe« ernannt.

»Das Fräulein von Scuderi. Erzählung aus dem Zeitalter Ludwigs des Vierzehnten« wird im »Taschenbuch für das Jahr 1820 der Liebe und Freundschaft gewidmet« publiziert.

**1820** *Februar:* Hoffmann protestiert gegen die Verhaftung des »Turnvaters« Friedrich Ludwig Jahn.

*März:* Ludwig van Beethoven sendet Hoffmann einen anerkennenden Brief.

Das Märchen »Prinzessin Brambilla« erscheint im »Morgenblatt für gebildete Stände«.

»Die Serapionsbrüder« (2. und 3. Band).

**1821** Hoffmann erwirkt seine Entlassung aus der »Immediat-Commission zur Ermittlung hochverräterischer Verbindungen und anderer gefährlicher Umtriebe«.

Der vierte Band der Sammlung »Serapionsbrüder«, der die Novelle »Signor Formica« enthält, erscheint.

*Oktober:* Hoffmann wird zum Mitglied des Oberappellationssenates am Kammergericht ernannt.

**1822** *Januar:* Beginn der schweren Krankheit.

Das Manuskript der Erzählung »Meister Floh« wird beschlagnahmt, weil der preußische Polizeidirektor in der Figur des Knarrpanti eine Satire auf seine Person sieht.

*März:* Völlige Lähmung Hoffmanns.

*April:* Hoffmann diktiert die Erzählung »Des Vetters Eckfenster«, die im gleichen Jahr in der Zeitschrift »Der Zuschauer« erscheint.

25. *Juni:* Tod Hoffmanns. Er wird drei Tage später auf dem Jerusalemer Kirchhof in Berlin beigesetzt.

### Erzählungen der Frühromantik

1799 schreibt Novalis seinen Heinrich von Ofterdingen und schafft mit der blauen Blume, nach der der Jüngling sich sehnt, das Symbol einer der wirkungsmächtigsten Epochen unseres Kulturkreises. Ricarda Huch wird dazu viel später bemerken: »Die blaue Blume ist aber das, was jeder sucht, ohne es selbst zu wissen, nenne man es nun Gott, Ewigkeit oder Liebe.«

**Tieck** Peter Lebrecht **Günderrode** Geschichte eines Braminen **Novalis** Heinrich von Ofterdingen **Schlegel** Lucinde **Jean Paul** Des Luftschiffers Giannozzo Seebuch **Novalis** Die Lehrlinge zu Sais
*ISBN 978-3-8430-1878-4, 416 Seiten, 29,80 €*

### Erzählungen der Hochromantik

Zwischen 1804 und 1815 ist Heidelberg das intellektuelle Zentrum einer Bewegung, die sich von dort aus in der Welt verbreitet. Individuelles Erleben von Idylle und Harmonie, die Innerlichkeit der Seele sind die zentralen Themen der Hochromantik als Gegenbewegung zur von der Antike inspirierten Klassik und der vernunftgetriebenen Aufklärung.

**Chamisso** Adelberts Fabel **Jean Paul** Des Feldpredigers Schmelzle Reise nach Flätz **Brentano** Aus der Chronika eines fahrenden Schülers **Motte Fouqué** Undine **Arnim** Isabella von Ägypten **Chamisso** Peter Schlemihls wundersame Geschichte **Hoffmann** Der Sandmann **Hoffmann** Der goldne Topf
*ISBN 978-3-8430-1879-1, 408 Seiten, 29,80 €*

### Erzählungen der Spätromantik

Im nach dem Wiener Kongress neugeordneten Europa entsteht seit 1815 große Literatur der Sehnsucht und der Melancholie. Die Schattenseiten der menschlichen Seele, Leidenschaft und die Hinwendung zum Religiösen sind die Themen der Spätromantik.

**Brentano** Die drei Nüsse **Brentano** Geschichte vom braven Kasperl und dem schönen Annerl **Hoffmann** Das steinerne Herz **Eichendorff** Das Marmorbild **Arnim** Die Majoratsherren **Hoffmann** Das Fräulein von Scuderi **Tieck** Die Gemälde **Hauff** Phantasien im Bremer Ratskeller **Hauff** Jud Süss **Eichendorff** Viel Lärmen um Nichts **Eichendorff** Die Glücksritter
*ISBN 978-3-8430-1880-7, 440 Seiten, 29,80 €*